वो मेरी भूल थी

राजीव चौधरी

BlueRose ONE.com
Stories Matter
NewDelhi • London

BLUEROSE PUBLISHERS
India | U.K.

Copyright © Rajeev Choudhary 2024

All rights reserved by author. No part of this publication may be reproduced, stored in a retrieval system, or transmitted in any form or by any means, electronic, mechanical, photocopying, recording or otherwise, without the prior permission of the author. Although every precaution has been taken to verify the accuracy of the information contained herein, the publisher assumes no responsibility for any errors or omissions. No liability is assumed for damages that may result from the use of information contained within.

BlueRose Publishers takes no responsibility for any damages, losses, or liabilities that may arise from the use or misuse of the information, products, or services provided in this publication.

For permissions requests or inquiries regarding this publication, please contact:

BLUEROSE PUBLISHERS
www.BlueRoseONE.com
info@bluerosepublishers.com
+91 8882 898 898
+4407342408967

ISBN: 978-93-6452-889-4

Cover design: Shivani
Typesetting: Sagar

First Edition: September 2024

वो मेरी भूल थी

यह जीवन है जिसमें अनेक मोड़ हैं। कुछ दाएं तो कुछ बाएं मोड़। हाँ, एक मोड़ और भी होता है जिसे यूटर्न कहा जाता है। लेकिन जिंदगी के मोड़ में हम दाएं और बाएं तो मुड़ सकते हैं, परंतु उल्टा नहीं मुड़ सकते। जिंदगी कोई रिटेक नहीं देती, बस आगे ही बढ़ना होता है। अगर रिटेक मिलते तो न जाने कितने इंसान अपने जीवन को खतरों से निकाल लेते। जिंदगी में सिर्फ मोड़ होते हैं। ठीक एक ऐसे ही एक मोड़ पर आज मैं भी खड़ा हूँ। न उल्टा जा सकता, न आगे बढ़ सकता। मैं निशब्द सा खड़ा हूँ एक कहानी लेकर, गलत मोड़ मुड़ने की कहानी, जिसे मैं कह सकता हूँ, हाँ, वो मेरी भूल थी।

जानता हूँ कि मेरी यह कहानी मुझसे बहुत सारे सवाल करेगी। कभी मेरे शब्द फैल जाएंगे तो कभी सिमट जाएंगे। कभी वो मेरा उपहास उड़ाएंगे तो कभी दूसरों को हंसाएंगे। लेकिन मेरा यकीन करो, सोचने पर विवश जरूर करेंगे। क्योंकि जितने मन और आत्मविश्वास से कहानी लिख रहा हूँ, उतने ही मन और आत्मविश्वास से जवाब देने के लिए तैयार हूँ। मानता हूँ जीवन में बहुत सारे पड़ाव होते हैं और हर एक पड़ाव का अलग-अलग जीवन होता है। उन पड़ाव में हम कभी फिसलते हैं, कभी उठते हैं, कभी मायूस होते हैं, चलते हैं और कभी-कभी मन आसमान को छू लेने का भी होता है। लेकिन भूल जाते हैं कि ये मिट्टी एक सच्चाई है और वो नीला आसमान एक भ्रम है।

मेरी भी ज़िंदगी पड़ाव-दर-पड़ाव आगे बढ़ रही है। बचपन की शरारतें अब पीछे छूट गईं, जवानी की दहलीज़ की मस्ती से आगे बढ़ते हुए जीवन की गंभीरता के प्रांगण में मेरे कदम टिक चुके हैं। मन में कभी खुशी, कभी दुःख, तो कभी मेरे उद्देश्य और मेरी छोटी-मोटी महत्वाकांक्षाएं मेरा हाथ पकड़े हुए हैं।

शरीर पर लगे घाव घंटों दर्द दे सकते हैं, उन घावों को भरने में कुछ दिन लग सकते हैं। किन्तु मन पर लगा घाव जीवन भर नहीं भर पाता। कोई भी इंसान चाहकर भी किसी बड़े से बड़े हकीम या डॉक्टर को उस घाव को दिखा नहीं सकता, सिर्फ उसकी पीड़ा की अग्नि में रात-दिन अकेला जल सकता है।

राजीव चौधरी

(1)

हर कहानी में कुछ किरदार होते हैं, जिनकी पहचान उनके रूप, रंग आदि से होती है। लेकिन मध्यमवर्गीय परिवारों में कहानी के किरदार होते हैं, लेकिन उनके अक्स नहीं होते। किन्तु वे किरदार दिन में कई बार बदलते हैं और न चाहते हुए हमें उनका सामना करना पड़ सकता है।

मेरी यह कहानी भी ऐसे ही एक अक्स के आसपास खड़ी है। जिसका नाम चेतना है, यह चेतना कोई अप्सरा नहीं है, जो किसी ऋषि-महर्षि की तपस्या भंग करने जमीन पर उतरी हो। बस चेतना तो एक ऐसी लड़की है जो इस दुनिया में अपनी पहचान ढूंढ रही है, जो बहुत जल्द अमीर बनने का सपना पाले हुए है। जो न अब शादी कर सकती थी और न ही किसी एक व्यक्ति के साथ जिंदगी बिता सकती थी। हाँ, उसे इंसान चुनने की इजाजत थी लेकिन किसी एक को नहीं चुन सकती। इसका कारण क्या है, वो सब इसी कहानी में छिपा है। हाँ, मैं चेतना के अंग-अंग, उसकी सुंदरता का कोई साहित्यिक वर्णन नहीं करना चाहता। बस इतना कह सकता हूँ, वह इतनी आकर्षक बनकर रहती है कि कोई पुरुष उसे देखकर नजरअंदाज नहीं कर सकता।

जिस दौरान "मैं" इस कहानी को असली जामा पहनाने की कोशिश कर रहा था, उसी दौरान अचानक मुझे केरल जाना पड़ा। केरल के कोझीकोड में वेदों पर एक रिसर्च फाउंडेशन की इमारत का उद्घाटन एवं सम्मेलन था। दुरन्तो एक्सप्रेस में मेरी बर्थ बुक थी। मैं गाड़ी के तय समय से आधा घंटा पहले स्टेशन पर पहुँच गया था। ज़्यादा कोई ख़ास सामान मेरे पास नहीं था। एक पिट्ठू बैग, जिसमें मेरा लैपटॉप, कुछ कपड़े और ज़रूरी सामान था। ट्रेन

स्टेशन पर सही समय पर आ गई थी और मैं आसानी से खिड़की के पास अपनी बर्थ पर बैठ चुका था।

सबसे ऊपर वाली बर्थ पर सेना का एक जवान था, जो इन दिनों कश्मीर में तैनात था। उसे महाराष्ट्र में रत्नागिरी जाना था। बीच वाली बर्थ अभी खाली थी। मेरे सामने वाली बर्थ पर एक सत्तर वर्ष की सिंधी महिला थी। वह मुंबई से ऊन लेने दिल्ली आई थी। उसके ऊपर वाली बर्थ पर केरल के किसी चर्च की एक नन और उसके ऊपर वाली बर्थ पर केरल से ही एक श्रीमान थे। उम्र कोई पैंसठ पार थी। वह दिल्ली में डीटीसी के रिटायर कंडक्टर थे। उम्र का काफी हिस्सा उन्होंने दिल्ली में गुजारा था, इस कारण ठीक-ठाक हिंदी बोल लेते थे। लेकिन जब वह नन से बात करते, तो मलयालम में ही करते थे। मेरे हाथ-पल्ले कुछ नहीं आता था। ये सब जानकारी मुझे बैठते ही नहीं मिली, किंतु जैसे-जैसे ट्रेन आगे बढ़ रही थी, हम सब एक-दूसरे के बारे में जान रहे थे।

हाँ, मैं बता रहा था कि मेरी ऊपर वाली बर्थ अभी खाली थी। सभी अपना सामान रखकर बैठे ही थे कि कोई तैतीस वर्ष के लगभग उम्र की एक महिला आई और बीच में खड़ी होकर अपनी टिकट से अपनी सीट का मिलान किया। फिर ख़ुद ही धीरे से बोली, "हाँ, यही है" और मेरी वाली सीट पर बैठ गई।

इसके बाद उसने चारों ओर अपनी सरसरी नज़र दौड़ाई। एक-एक चेहरे को ग़ौर से देखा। फिर मेरी ओर मुंह करके बोली, "क्या मेरे यहाँ बैठने से आपको कोई परेशानी तो नहीं हो रही है?"

मैंने गर्दन हिलाकर कहा, "जी," फिलहाल तो बिल्कुल नहीं।

वह कुछ उलझी-उलझी सी दिख रही थी। बार-बार अपने पिट्ठू बैग में हाथ डालती, फिर कुछ खोजने की कोशिश करती। फिर बुदबुदाने लगती, "कहाँ गया, रखा तो था।" बैग की हर जेब तलाशने के बाद उसने मेरी ओर मुंह किया और बोली, "क्या आपके पास फोन का चार्जर है?"

"मैं" अपने बैग से चार्जर निकालने लगा। चूंकि स्विच बोर्ड मेरे पास था, उसने अपना फोन मेरे पास ही रखकर कहा, "प्लीज़ इसे कुछ देर चार्जिंग पर लगा दीजिए।"

सुबह के करीब 9 बजे, ट्रेन ने अपने निर्धारित समय पर सीटी देते हुए अपने गोल-गोल पग एनर्कुलम केरल की ओर बढ़ाने शुरू किए। ज्यों-ज्यों ट्रेन को सिग्नल मिलते गए, ट्रेन अपनी गति से आगे बढ़ती चली जा रही थी। चूंकि दिन था, सभी यात्री नीचे वाली बर्थ पर ही बैठे थे। बातों-बातों में एक-दूसरे का परिचय जान रहे थे। जब मेरे परिचय की बारी आई, तो मैंने सिर्फ इतना कहा कि मैं लेखक हूँ और कोझीकोड में एक कार्यक्रम में हिस्सा लेने जा रहा हूँ।

मेरे सामने बैठी बुजुर्ग महिला काफी हंसमुख स्वभाव की थी। उसका परिचय भी काफी बड़ा था। वह मेरे साथ बात करने में काफी सहज महसूस कर रही थी। अपने बारे में बता रही थी- "बेटा, जब मैं चालीस वर्ष की थी तब तेरे अंकल इस दुनिया में नहीं रहे। मैंने बड़ी मेहनत से दो बेटों को पाल-परोसकर बड़ा किया, उनकी शादी की। आज दोनों बेटे प्राइवेट कंपनियों में नौकरी कर रहे हैं।" फिर वह अपने पति के बारे में बताने लगी। कैसे उस दौर में उन्हें प्यार हुआ और सामाजिक बंधन तोड़ते हुए अंतरजातीय विवाह किया। सिन्धी बुजुर्ग महिला की बातें सुनकर मेरी दिलचस्पी बढ़ रही थी। "मैं" बीच-बीच में उनकी निजी जिंदगी से जुड़े सवाल पूछ रहा था, बुजुर्ग महिला कभी मुस्कुराती और कभी उदास होकर जवाब दे रही थीं। एकाएक मेरे बराबर में बैठी "महिला" बुजुर्ग महिला से बोल उठी, "आंटी, अपनी सभी बातें किसी अजनबी को नहीं बतानी चाहिए।"

मैं मुस्कुरा दिया। नहीं! हम सामान्य चर्चा कर रहे हैं। कोई निजी जानकारी का आदान-प्रदान नहीं कर रहे हैं। फिर मैं थोड़ा सा गंभीर होकर कहा, क्योंकि हम इंसान भी रोजमर्रा की चीजों से कहीं अधिक अपने मन में अतीत की यादों का दुःख और सुख का बोझ उठाते हैं। मैं सिर्फ उस बोझ को कम कर

रहा हूँ। कल दोपहर तक आंटी अपने घर होंगी। मैं मुंबई और गोवा के बीच हूँ। पता नहीं जीवन में फिर कभी हमारा मिलना होगा। पर ये बातें हमें एक-दूसरे की हमेशा याद दिलाती रहेंगी।

इससे पहले कि मैं इस दर्शन पर अपना व्याख्यान पूरा करता, उसने मेरी ओर देखकर कहा, "सॉरी, माफ करना, मैंने तो सिर्फ मजाक में बोला था।"

मैंने पूछा, "आप कहाँ से हैं?"

"उत्तराखंड से," उसने कहा।

"आप नौकरी करती हैं या बिजनेस?"

उसने बिना किसी संकोच के कहा - "मैं योग शिक्षक हूँ, केरल में आयोजित एक कांफ्रेंस में हिस्सा लेने जा रही हूँ।" इससे अधिक न मैंने कुछ पूछने की हिम्मत की और न ही उसने कुछ बताया।

योग शिक्षक को सुनकर मेरे मन में उसके लिए श्रद्धा के भाव उमड़ आए। लेकिन मैंने वो भाव शब्दों से और न ही चेहरे से प्रदर्शित नहीं होने दिए।

एक किस्म से कहूँ, नीचे वाली बर्थ पर बैठे सभी के आपस में इतने परिचय हो चुके थे कि बातचीत की जा सकती थी। अब मेरी नजर सामने खामोश बैठी नन पर गई। उम्र कोई छब्बीस से तीस के बीच थी। सांवला रंग, अपनी नन की पारंपरिक पोशाक में बैठी थी। हम सभी की बातों में दिलचस्पी भी ले रही थी। तभी चाय वाला आ गुजरा। मैंने उसे चाय के लिए रोका तो नन ने भी अपने लिए चायवाले से चाय का इशारा किया।

चाय की चुस्कियों के बीच, मैंने नन से पूछा, "सिस्टर, आप कहाँ तक जाएँगी?"

नन ने मुस्कुराकर बताया, "त्रिसूर तक।"

अब मैंने अपना अगला सवाल पूछने से पहले भूमिका बनाते हुए कहा, "सिस्टर, अगर आपको बुरा न लगे तो कुछ और भी पूछ सकता हूँ। दरअसल, मैं थोड़ा जिज्ञासु मन का इंसान हूँ।"

"नन" ने कहा, "पूछिए..."

क्या यह सच है कि एक नन अपना सारा जीवन प्रभु यीशु के अधीन कर देती है? मेरा मतलब यह है कि वह यीशु से विवाह करती है और ताउम्र कुंवारी रहती है?

"जी हाँ, हम ऐसा ही करते हैं," नन ने बताया।

उसकी हिंदी उतनी शुद्ध नहीं थी, लेकिन मुझे समझ आ रहा था। मैंने कहा, "तो यह तो एक जीवित विधवा का जीवन हो गया।" ये जानते हुए भी कि जिससे हमारी शादी हो रही है, वह अब इस दुनिया में नहीं है, फिर भी?

अबकी बार मेरा सवाल थोड़ा कड़वा था। लेकिन नन की बेचैनी भरी मुस्कान ने उसका स्वाद नहीं बिगाड़ने दिया। उसने कहा, "ऐसा नहीं है, यीशु अभी जिंदा है, वह स्वर्ग में है क्योंकि वह परमेश्वर का पुत्र है।" सभी सहयात्री हमारा वार्तालाप बड़े ध्यान से सुन रहे थे।

तो इसका अर्थ यह हुआ कि रिश्ते के अनुसार परमेश्वर आपके ससुर हुए? सब हंसने लगे। नन झेप गई। उसने अपनी झेप मिटाते हुए कहा, "जैसा आपको अच्छा लगे, समझ लीजिए।"

नन के उत्तर में एक किस्म से यह पूर्ण विराम था। जैसे अब वह इस विषय पर बात नहीं करना चाहती है या अपनी आस्था पर कोई प्रश्न खड़ा नहीं करना चाहती हो। लेकिन मेरी जिज्ञासा अभी शांत नहीं हुई थी। स्वभाववश मैंने फिर एक प्रश्न पूछा, "क्या आप भी यीशु को अपना पति मानती हैं?"

नन कुछ जवाब देती, इससे पहले मेरे बराबर बैठी महिला बोल उठी, "मानने से क्या होता है, होना भी चाहिए!" युवती के इस जवाब से अब मेरी गर्दन और मेरे प्रश्न दोनों उसकी ओर घूम गए।

मैं आपका मतलब नहीं समझा, मिस?

युवती ने कहा, "मेरा नाम चेतना है। आप मेरा नाम लेकर पुकार सकते हैं। मेरे कहने का अर्थ भी यही है कि हम जिसे पति मानते हैं, वह पति होना

भी चाहिए। खाली किसी चीज़ को मानना भी एक किस्म का अंधविश्वास है।" उसके जवाब में एक दर्शन छिपा था। नन उसे बराबर देख रही थी। शायद नन समझ नहीं पा रही थी कि ये उसका उपहास उड़ा रही है या उससे किए प्रश्न का उत्तर दे रही है!

अब उसने एक लंबी सी साँस ली और मेरी ओर देखकर कहा, "हम औरतें किसी न किसी की लुगाई लगी हुई हैं, जिन्हें हम पति कहते हैं, उनमें से कुछ जिंदा होते हैं, कुछ मर जाते हैं। कुछ करीब होकर भी करीब नहीं होते और कुछ सिर्फ नाम के होते हैं। बस यह समझ लो, जैसे हर इंसान किसी न किसी काम पर लगा होता है, ऐसे ही हम शादी करके औरतें पत्नियाँ बन जाती हैं और मर्द पति बन जाते हैं।"

आज भले ही सिस्टर अपने आप को किसी भगवान की पत्नी समझती रहे, लेकिन असल में यह एक जीवित विधवा से ज्यादा कुछ नहीं। एक विधवा तो इस दुःख में जीवन जीती है कि उसका पति अब इस दुनिया में नहीं है और यह इस गर्व में कि उनका पति एक भगवान है। असल सच यह है कि उस गर्व को यह अपना अहंकार बना लेती है। जबकि इनके जीवन की रिक्तता हमेशा रिक्तता ही रहती है। किसी के पति परमेश्वर होते हैं और किसी के जल्लाद। किसी के पति दिल पर छाप छोड़ते हैं और किसी के जिस्म पर।

अब सभी मौन होकर एक-दूसरे को देख रहे थे। इस दौरान, लंच का ऑर्डर लेने वाला आ गया। सभी ने अपनी आवश्यकता और इच्छा के अनुसार ऑर्डर कर दिया। युवती ने अपने लिए कुछ नहीं मंगवाया। जब सभी का खाना आ गया, तो उसने बैग से अपना टिफिन निकाला और खाना खाने लगी।

ट्रेन अपनी पूरी रफ्तार से एक के बाद एक स्टेशन पीछे छोड़ रही थी। सभी की जिज्ञासा एक-दूसरे के बारे में लगभग खामोश हो चुकी थी। केवल मैं और सामने बैठी बुज़ुर्ग महिला एक-दूसरे से बात कर रहे थे। वह कभी अपने पोते-पोतियों के बारे में बात कर रही थी और कभी बहुओं के बारे में।

शाम हो गई थी। ट्रेन की खिड़की से डूबता सूरज ऐसा लग रहा था मानों आज सब समेटकर वापस जा रहा हो। सभी यात्री अपनी-अपनी सीटों पर पहुँच चुके थे। सिर्फ सेना का जवान ही नीचे मेरे पास बैठा था। वह कश्मीर की खूबसूरती, चरमपंथ समेत वहाँ की कठिन परिस्थितियों के बारे में बता रहा था कि इतनी विपरीत परिस्थितियों में वे अपनी ड्यूटी करते हैं। इसके बाद एक-एक करके सब नींद के आगोश में चले गए।

(2)

अगले दिन, सूरज की लाल किरणें चलती ट्रेन की खिड़कियों को छू रही थीं। जैसे कल सूरज जो कुछ लेकर डूबा था, आज वही सब लेकर हाजिर हुआ हो। चाय और पानी वाले वेंडरों की आवाजें लोगों को जगाने के लिए काफी थीं। सुबह होने के साथ ही धीरे-धीरे सभी अपनी बर्थ फोल्ड कर सबसे नीचे वाली बर्थ पर आ चुके थे।

ट्रेन महाराष्ट्र की सीमा में प्रवेश कर चुकी थी। अलग-अलग राज्यों के गांव, जंगल, खेत, खलिहान ये सब देखना मेरे लिए अलग अनुभूति थी। महिला आज भी मेरी बर्थ पर मेरी बगल में बैठी थी। उसकी उँगलियों में बेशकीमती अंगूठियाँ थीं तो हाथ में अखबार, वह बार-बार अखबार के पन्ने पलट रही थी। कुछ देर देखने के बाद मैंने कहा, "चेतना, जब पूरा अखबार पढ़ लो तो मुझे भी देना।"

वह जोर से हँसी। उसकी हँसी में एक अजीब खुलापन था। जैसे उसकी हँसी को एक खुला मैदान चाहिए। उसने पूछा, "क्या आपको मराठी भाषा आती है?"

मैंने कहा, "नहीं! मराठी भाषा का ज्ञान बिलकुल नहीं है!"

वह बोली, "मुझे भी नहीं आती। पिछले स्टेशन पर जल्दी में अखबार वाले ने मराठी भाषा का न्यूज़पेपर दे दिया। लो, अब इसे आप ही पढ़ो।" इतना कहकर उसने अखबार मेरी बगल में रख दिया। मैंने अखबार हाथ में उठाया ही था, कि सामने बैठी बुजुर्ग महिला ने अपना हाथ बढ़ाया और मेरे हाथ से अखबार अपने हाथ में ले लिया। एक-दो पन्ने उलट-पलट किए। फिर मेरी तरफ देखकर कहा, "मुझे आती है मराठी," पर इस बार मैं जल्दी में अपना चश्मा घर भूल गई।

सब हंसने लगे। मैंने कहा, "कोई बात नहीं, आंटी, आप इस अखबार को घर ले जाइए। जब आप घर पहुंचेंगी, तो मुझे फोन पर सभी खबरें सुना दीजिए।" महिला मुस्कुरा उठी।

दोपहर होते-होते ट्रेन मुंबई के पास थी। बुजुर्ग महिला को कल्याण रेलवे स्टेशन पर उतरना था। वह अपना सामान पैक करने लगी। थोड़ी देर बाद ट्रेन कल्याण रेलवे स्टेशन पर पहुंच गई। मैं महिला को गेट तक छोड़ने गया। वापस आया तो देखा कि बुजुर्ग महिला की सीट पर चेतना बैठी थी। मैंने मजाक के अंदाज में कहा, "आंटी के जाने के बाद ही आपने उनकी सीट पर कब्जा कर लिया।"

क्या करती, बार-बार ऊपर सीट पर चढ़ना और उतरना पड़ता था। अब इस सीट पर कोई आ गया है, तो ठीक है। वरना एनार्कुलम तक इसी पर जाऊंगी।"

ट्रेन और समय अपनी रफ्तार से चल रहे थे। रत्नागिरी स्टेशन आ गया था। सेना का जवान अपना सामान बांधकर जा चुका था। नन कल की बातों के बाद हमारी बातों में उतनी दिलचस्पी नहीं ले रही थी। बुजुर्ग अंकल भी कभी अपने मोबाइल में समय व्यतीत कर रहे थे, तो कभी किसी पत्रिका में। मैं अपने लैपटॉप में व्यस्त था। अचानक चेतना ने मेरी ओर देखते हुए पूछा, "आप किस विषय पर लिख रहे हैं?" मैंने कहा, "जो मन को छू जाए या ऐसा लगे कि यह कहानी समाज के सामने लाई जाए, ताकि लोगों की आँखें खुलें और उन्हें पता चले कि उनकी दुनिया में सब कुछ सही नहीं हो रहा है, बहुत कुछ ऐसा भी हो रहा है जिसके बारे में उन्हें सुनना, समझना या देखना चाहिए।"

उसने बिखरी हुई मुस्कान के साथ पूछा, "अगर लोग अंधे हों तो उनकी आँखें कैसे खोलते हो?"

मैंने कहा, "जब सच सुनकर किसी के अंदर आत्ममंथन की गुडगुडी बजती है, तब इंसान की आँखें खुल ही जाती हैं।"

क्या सभी की आँखें खुल जाती हैं? मेरे चुप होने से पहले ही उसने अगला सवाल फिर दाग दिया।

मैंने कहा, "सभी की तो नहीं खुलती पर हाँ, कुछ की जरूर खुल जाती है।" एक किस्म से ये मेरे उत्तर में पूर्ण विराम था। उसने भी अपने प्रश्न को विराम देते हुए कहा, "शायद अच्छे होते होंगे वो लोग जिनकी आँखें खुल जाती हैं। बस मेरे चारों ओर लोग ही अंधे हैं। जिनकी आँखें मैं कभी न खोल सकी। पर उनकी भी क्या गलती? लोग अगर आँखें खोलते भी हैं तो सच्चाई नहीं, बस जिस्म देखना चाहते हैं।

मैं समझा नहीं! मैंने कोताहुल भरी नजरों से पूछा।

जहाँ वह अभी तक बर्थ पर मेरी ओर करवट लेकर बात कर रही थी, अब अचानक सीधी लेट गई। उसने कहा, "माफ करना, मैं कुछ समझाना भी नहीं चाहती।"

क्या आप विवाहित हैं? मैंने हिम्मत करके पूछा।

उसने "हाँ" कहा और यह भी बताया कि वह एक बेटे की मां है।

वह कितना बड़ा है? मैंने पूछा।

वह अभी छह साल का है।

मैंने अब अपनी जिज्ञासा का अंत करते हुए पूछा, "आपके पति क्या करते हैं?"

मेरे इस सवाल से उसकी नजर थोड़ी मेरे ऊपर आई और बोलीं, "अब पता नहीं क्या करते हैं, इससे पहले तो मेरे ऊपर शासन करते थे।" फिर मैंने एक लंबा यात्रा भरा आंदोलन चलाया और आजाद हो गई। हो सकता है अब किसी और पर शासन कर रहे हों। जिन मर्दों को शासन करने को साम्राज्य नहीं मिलता, वे अपनी पत्नियों को ही सत्ता का सिंहासन समझ लेते हैं। उनके द्वारा जुल्म किया जाता है, बर्बरता की जाती है, शासन किया जाता है और वह बेचारी उसे अपना भाग्य समझ लेती है।

इतना कहकर, वह शांत हो गई। इसके बाद, मैंने कुछ नहीं पूछा और उसने कुछ नहीं बताया।

ट्रेन अब गोवा में थी। थोड़ी देर बाद, उसने अपनी आँखें बंद कर लीं और मुझे भी न जाने कब नींद आ गई। रात के लगभग तीन बजे, मेरी आँखें खुल गईं। मेरा स्टेशन अगले कुछ घंटों में आ रहा था। मेरे मन में था कि मैं उससे उसके बारे में और जानकारी लूं, लेकिन मेरी हिम्मत नहीं हो रही थी। मैं बैठे-बैठे उसके जागने का इंतजार करता रहा। अंत में, मैंने अपनी डायरी निकाली और एक अनजान स्त्री के लिए एक पत्र लिखना शुरू किया। मुझे यह भी पता है कि जिसके नाम पर मैं पत्र लिख रहा हूँ, उसका स्थायी पता मेरे पास नहीं है। फिर भी, मैं लिख रहा था।

मुझे नहीं पता कि आपको यह सब लिखना चाहिए या नहीं। लेकिन बहुत कोशिश के बाद भी मैंने खुद को समझा नहीं सका। हालांकि, मैं जानता हूँ कि मेरा आपसे कोई रिश्ता नहीं है। परसों मेरे साथ आप इस गाड़ी में सवार हुईं। आपसे थोड़ी बहुत बातें भी हुईं, पर आपकी कई बातों ने मुझे अहसास कराया कि मैं अभी भी बहुत कुछ नहीं जानता। शायद मैं रिश्तों की गहराईयों और ऊँचाइयों को परखने में बहुत परिपक्व नहीं हूँ।

मैं अब यह बर्थ छोड़कर अपनी मंजिल की ओर जा रहा हूँ, शायद अब हम जिंदगी में कभी नहीं मिलें। इसी कारण मुझे यह पत्र लिखना पड़ा। जब मैंने आपसे बात करना शुरू किया, तब मुझे लगा कि यह महज़ टाइम पास है। लेकिन कल रात सोने से पहले आपने कुछ ऐसा कहा जो मुझे अभी तक विचलित कर रहा है। जैसे आपका अतीत एक भयानक यातना के दौर से गुजरा है। मैं आपके बीते हुए अतीत को पूरी तरह समझने की कोशिश करना चाहता हूँ। पत्र के नीचे मेरा फोन नंबर लिखा है।

एक अनजान सहयात्री।

पत्र लिखकर मैंने चेतना के बेग की जेब में डाल दिया। यह एक पत्र था या अपनी भविष्य की अशांति का पैगाम, उस समय मुझे आभास नहीं था।

हाँ, कोझीकोड आने वाला था, मैंने अपना सारा सामान समेटा और खिड़की पर पहुँच गया। अधिकांश यात्री सोए हुए थे। स्टेशन आया, मैंने अपनी मंजिल की ओर प्रस्थान किया। तय समय पर अपनी मंजिल पर पहुँचा। कई दिन बिताए, कार्यक्रम पूर्ण हुआ लेकिन मेरा मन उस सहयात्री की बातों के आस-पास घूमता रहा। खैर, दिल्ली वापसी के बारे में क्या लिखना। ट्रेन में बर्थ कन्फर्म नहीं थी। मुंबई आकर पूरी सीट पर पैर फैलाने को नसीब हुए। घर आया, फिर अपने दैनिक रूटीन कार्यों में व्यस्त हो गया।

(3)

धीरे-धीरे सहयात्री और पत्र की यादें धुंधली पड़ने लगीं। वे पल कभी-कभी महज कुछ मिनटों के लिए याद आते। इन बातों को अब लगभग दो महीने बीत गए थे। एक उपन्यास खोलकर बैठा था, जितना मैं इस उपन्यास को पढ़ता था, उतना ही मैं खुद को इसके करीब पाता था। मुझे नहीं पता कौन सी कहानी इस उपन्यास में लिखी है। लेखक की तुलना में मुझे लगता है जैसे वह स्वर्ग के दूत हैं। इस कहानी की नायिका के लिए मेरे पास कोई शब्द नहीं हैं। कभी-कभी लगता है वह एक अभागी पत्नी है। कभी-कभी लगता है जैसे वह कितनी भाग्यशाली है, जो उसे जीवनलाल जैसा पति मिला है, जो उसे पूर्णतया पाने के लिए बार-बार उसी का सौदा कर रहा है।

कहानी में धन, प्रेम, वासना, और प्रतीक्षा है तथा इन सबका समय-समय पर सौदा होता है। इसे लेखक की हार कहें या जीत? क्या नायिका का समर्पण कहें या नायक का व्यापार? यह रिश्तों की उलझी हुई एक ऐसी कहानी है, जिसे लेखक भी सही न्याय के साथ सुलझा नहीं पाता और अंत में इसे एक भ्रम कहकर कहानी का अंत कर देता है।

मानों आज उसी अंत के करीब जैसे मैं खड़ा हूँ। ऐसा लग रहा है जैसे कहानी यहाँ से आगे मुझे लिखनी है। पर मैं इस भ्रम से बचना चाहता हूँ। रात के 10 बजे थे। जून की धूप से तपती छत अभी मानों ज्यों की त्यों जलते चूल्हे पर रखे तवे की तरह गर्म थी। अचानक मेरे फोन की रिंग बज उठी। एक अज्ञात नंबर से कॉल थी। यह कॉल थी या मेरी बदकिस्मती पर कोई दस्तक! जैसे ही फोन रिसीव किया, तो किसी महिला की अज्ञात आवाज़ ने पूछा, "अभी सोए तो नहीं?"

मैंने कहा, "जी नहीं, आप कौन?"

उसने जवाब को थोड़ा लंबा खींचा। "चलो सोचो, मैं कौन हो सकती हूँ!"

मैंने थोड़ा सोचा, फिर कहा, "नहीं पहचान पाया!" अज्ञात आवाज़ ने उपहास से उड़ाते हुए कहा, "वही जिसे तुम सोता हुआ छोड़कर चले गए थे।"

इतना सुनते ही अचानक जिंदगी की परिधि मुझे दो महीने पीछे ले खींच गई। मैंने कहा, "ओह, अच्छा चेतना जी, दरअसल उस रात मैंने आपकी नींद उजाड़ना ठीक नहीं समझा।"

जिसकी जिंदगी ही उजड़ चुकी हो, उसकी नींद उसके लिए इतना महत्व नहीं रखती। खैर, बताओ, 'क्या जानना चाहते हो?'

मैंने कहा, "ज्यादा कुछ नहीं, बस आपकी बातों में कुछ अजीब सवाल थे और कुछ अजीब से उत्तर। जैसे अभी आपने कहा कि जिसकी जिंदगी उजड़ चुकी हो।

इससे आगे मैं कुछ कहता, "वो खुद बोल उठी, बस इतनी सी बात है, दरअसल वो मेरा अतीत है। जिसके अंधेरे कोठरे में जाकर सवालों और जवाबों से मैं खुद को खोजती हूँ!"

कैसे सवाल, कैसे जवाब? मैं कुछ समझ नहीं पा रहा हूँ, मेरे प्रश्न में विष्मय था! लेकिन उसके जवाब स्पष्ट थे।

वो कहने लगी, "आपने उस यात्रा के दौरान सिर्फ मुझे देखा है, मेरे अंदर मेरी लाश को नहीं। आज से कई बरस पहले मैंने प्यार का ताबीज पिया था। फिर सगाई का लड्डू खाया और इसके नशे में शहनाई की धुन पर नाची थी। पर मुझे नहीं पता था कि इसके बाद फरेब का लावा निकलेगा।" बस उस जलती दुनिया से निकलने के लिए मैंने अपना दायां पैर उठाया, उस देहलीज को ठोकर मारी और समाज के ताऩों की गर्म राख पर एक लाश बन गई।

आज मेरी जिंदगी के खंडहर में सिर्फ मेरी लाश है और उस लाश पर चिल्लाते हुए ताने हैं, जो हरदम मुझे कचोटते रहते हैं।

उसकी बातें सुनकर मैं काफी हद तक समझ गया था कि जरूर इसके प्रेम विवाह का बुरा अंत हुआ होगा। पर क्यों हुआ! किस बात से हुआ! यह जानने की जिज्ञासा मेरे अंदर उछल-कूद करने लगी।

इसके बाद उसने अपनी कुछ उपलब्धियों के बारे में मुझे बताया। साथ ही, उसने बताया कि उसका एक बेटा है जो स्कूल में पढ़ रहा है। और वह जीवन यापन के लिए घर में सुबह-शाम योग की कक्षा लेती है, जिससे उसका गुजारा चलता है। वह बोलती जा रही थी, "मैं" सोचता जा रहा था कि तलाक लेना अब कितना सरल हो गया है।

"वह बार-बार मुझसे भी पूछ रही थी कि क्या आप शादीशुदा है?" लेकिन मुझे कुछ समझ नहीं आ रहा था, इसलिए मैंने उसे यह कहा कि मैं अभी ऑफिस में हूँ और शाम को बात करता हूँ।

फोन डिस्कनेक्ट हो गया था जब मुझे एहसास हुआ कि वह मुझसे कुछ कहना चाहती है। हालांकि, मेरे मन में कुछ विचित्र गुदगुदी-सी भी पैदा होने लगी थी, लेकिन इस समय मैं विकारग्रस्त रोगी की भांति मौन था।

आखिर उसने ये क्यों पूछा, "क्या आप शादीशुदा हो?" मन के उपज रहे सवाल का जवाब मन ही देने लगा - हो सकता है उसे अब एक पति की तलाश हो! या फिर बात करने के लिए इस तरह बात से बात निकाली हो! भला वह मुझसे ऐसा क्यों पूछेगी? मेरे मन में एक बहस चल निकली, मन के सवाल, मन के जवाब जिनसे कभी मन संतुष्ट होता, कभी असंतुष्ट होता, फोन डिस्कनेक्ट हो गया था, लेकिन अब दो महीने पहले की यात्रा की यादें एक-एक कर मन की देहलीज के अंदर आने लगीं।

ट्रेन में दो दिनों तक उसके चेहरे का धुंधला अक्स बाहर लाकर स्मृति शेष में साफ करने की कोशिश कर रहा था। सोच रहा था, क्या जीवन दुःख

और सुख के बीच एक डोलती नौका है, जिसमें सवार होकर हम सब चलते हैं। आखिर क्या हुआ होगा चेतना के साथ, यह बेहतर वही जानती है। लेकिन उसकी बातों से मैं कुछ कड़ियाँ जोड़ने की जुगत में लगा रहा, परन्तु काफी सोचने के बाद भी मैं चेतना के जीवन की कड़ियाँ नहीं जोड़ पा रहा था। ऐसा लगता है जैसे उसका जीवन खंडों में समर्पित है, या फिर जैसे उसने स्वयं की एक बहुत बड़ी आहुति दी हो, जिनकी लपटों में आज वह जल रही है। उसके जीवन के खंडों को जोड़ते-जोड़ते आज कई दिन बीत गए।

आज अचानक फोन के व्हाट्सएप्प पर बेल घनघना उठी। देखा तो चेतना की वीडियो कॉल थी। मैंने फटाफट रूम में अपने पीछे ठीक-ठाक किया और कॉल रिसीव की देखा तो सामने चेतना थी. आवश्यकता से अधिक मेकअप किया हुआ था। देखने में काफी सुंदर लग रही थी। उसने क्षण-भर अपनी चमकीली आंखों से मेरी तरफ देखा, उस मोहक सुंदरता को देखकर मैं विचलित हो गया। जैसे अजगर अपनी प्रथम दृष्टि से अपने शिकार को स्तंभित कर देता है, उसी प्रकार मैं स्तंभित-सा हो गया। मोबाइल स्क्रीन पर उसके मुख-चन्द्र की आभा फूटकर निकलती थी।

मैं निस्तब्ध था। मेरे मुंह से कोई शब्द नहीं निकल रहा था। उसने शायद मेरी स्थिति को समझ लिया और पूछा, "क्या तुम मुझसे से डरते हो?"

"मैंने" कहा, "मैं डरता नहीं हूँ।" लेकिन कई परिस्थितियों में हमारा डर हमारे दिमाग से अधिक बड़ा हो जाता है।

इस पर उसका जवाब था- मुझे समझ नहीं आ रहा है।"

मैंने कहा, "मेरा" मतलब है कि मुझे अनजान लोगों से बात करने में असुरक्षित महसूस होता है।

"क्या आप अब भी मुझे अजनबी समझते है ?" मैं अनजान नहीं हूँ। आपसे मिल चुकी हूँ हमारी दो दिनों तक ट्रेन में काफी बातें भी हुई है। ये बात उसने मुझे बड़े आत्मविश्वास के साथ कही।

लेकिन सच बताऊँ मुझे आपके बारे में अभी कुछ नहीं पता। मैंने फिर से जवाब दिया। सिर्फ इतना जानता हूँ आप चेतना है और मुझे ट्रेन में मिली थी.

अच्छा! तो सुनो, उसने बड़े आराम से कहा, मैं देहरादून से हूँ। यहाँ मैंने अपनी मेहनत से एक मकान ख़रीदा है। बाकी, मैं अपने बारे में आपको बता चुकी हूँ।"

"नहीं, अभी आपने कुछ नहीं बताया। मैंने एक पल में सब कुछ बोल दिया?"

"मैं" अकेली हूँ, लेकिन अकेला होना अच्छी बात नहीं है। मेरा तलाक का केस चल रहा है।

क्यों? यह "क्यों" मेरा एक सवाल नहीं था, बल्कि यह मेरे अंदर जिज्ञासा का एक पूरा तूफान था, जिसे महिला समझ गई थी।

बस-हो गया था। मेरे पति मुझ पर विश्वास नहीं करते थे।

किस बात पर विश्वास? "मैं" जितना उसे अंदर तक कुरेदना चाहता था, वह लगभग इसके लिए तैयार थी।

वो कुछ पल मेरी ओर देखती रही बोली क्या आप मेरी पूरी कहानी सुनना चाहते हो? एक लंबी सांस उसने ली और अपने जीवन के हिस्से तोड़-तोड़कर काफी कुछ बताया। बीच-बीच में वह कई बार रोने लगती। उसका गला भर्रा उठता। कभी खुद को दोष देने लगती, कभी अपनी किस्मत को। कभी सारा दोष अपने पति पर डाल देती तो कभी खुद पर. मैं लगातार उसकी बातें सुन रहा था। हालाँकि कई जगह मेरी भी आँखें नम हुईं, मुझे भी दुःख हुआ, लेकिन मैं उसे महसूस नहीं होने दिया।

बात खत्म हुई, उसने कहा, "अब बताओ, किसकी गलती?"

मैं कुछ पलों तक मौन रहा। जैसे मेरे हाथ में आज कोई सामाजिक तराजू हो और उसके पलड़ों में वे दोनों बैठे हों। वह मेरे फैसले का इंतजार कर रही

थी। जाहिर सी बात है कि मुझे उसी के पक्ष में बोलना था। लेकिन फिर बात न्याय और अन्याय की थी। यदि वह सच बोल रही थी तो निसंदेह उसके साथ अन्याय हुआ है। और अगर वह इसमें कुछ छिपा रही थी तो यह मानवीय स्वभाव है। क्योंकि कोई भी इंसान स्वयं को गलत साबित करके जीवन नहीं जीता। आज जो वह अकेले जीवन जी रही है, कोई भी स्त्री खुशी-खुशी ऐसे जीवन को तो बिलकुल भी स्वीकार नहीं करेगी। अतः वास्तव में इसके साथ अन्याय हुआ है, ऐसा सोचकर मैंने कहा, "आपके साथ गलत हुआ है।"

शायद मेरे इस फैसले ने उसे एक राहत की साँस दी। हालांकि, यह बात उसने काफी समय बाद बताई थी। इससे पहले, मैं कुछ कहने के लिए तैयार हो गया था, तो उसने कहा, "ठीक है, मैंने पूरी दास्तान सुना दी है, अब मैं फोन रखती हूँ। मुझे बेटे को लेने जाना है।"

मैंने कहा, "ठीक है, उसने भी बहुत जल्दी-जल्दी में कहा, "समय निकालकर फिर बात करूंगी," और कॉल डिस्कनेक्ट हो गई।

(4)

वह कहानी सुनाकर अब जा चुकी थी। मैं पूरी तरह से अकेला था। उसकी कहानी मेरे लिए बिलकुल अजीब थी, इसलिए मेरे मन में एक बार फिर से उफान लाजिमी था कि क्या एक महिला सचमुच में इतनी सहनशील और मजबूत हो सकती है! आज लगता है जैसे एक महिला कई बातें सहज ही जानती है और उनमें से एक बात यह है कि वह अब कभी इस शब्द का उपयोग नहीं करेगी कि उसके पति से अब कोई संबंध नहीं रह गया है। वह इस शब्द को अब कभी नहीं छूएगी। वह बस फटी-फटी आँखों से दूर से देखेगी। अब उसके पास सिर्फ दो जादू हैं, एक अंधेरे का और दूसरा उजाले का। अंधेरे का जादू यह है कि अब वह अकेली है, उसका पति उसकी जिंदगी से चला गया है। और उजाले का यह है कि अब उसके पास उसका बेटा है। हालांकि, अंधेरा और उजाला कई बार मिल जाते हैं, लेकिन यहां मुझे इसकी कोई संभावना नजर नहीं आ रही है।

इन बातों को कई दिन बीत गए, पर मुझे नहीं पता ऐसा क्यों लग रहा था कि यह कहानी अधूरी है, इसके बीच से कोई पात्र गायब है। मुझे उस पात्र को खोजना है क्योंकि जब तक दो लोगों के बीच कोई तीसरा नहीं आता, संसार का कोई रिश्ता खराब नहीं होता।

अब मैं उसके फोन का इंतजार करने लगा। कॉल किसी की भी, मुझे लगता है कि उसकी ही कॉल है। कई दिनों बाद, थक हारकर मैंने व्हाट्सएप्प पर एक मेसेज छोड़ दिया।

चेतना जी, नमस्ते। जब भी समय मिले, पांच मिनट बाद बात कर लेना।

थोड़ी देर बाद ही उसका जवाब आया, "नमस्ते। समय मिलते ही आपको आज कॉल करूँगी।"

रात के लगभग ग्यारह बजे उसकी कॉल आई। मैंने कहा, "चेतना जी, जब से मैंने आपकी कहानी सुनी है, तब से मैं द्वंद्व में हूँ। आखिर ऐसी क्या घटना हुई थी जो आपको पति का घर छोड़ना पड़ा? मुझे इस किस्से का आरंभ और अंत जानना है। मेरा मन कह रहा है कि क्यों न इस कहानी के अक्षरों को आकार देकर लिख डालूं?"

"क्या ऐसा हो सकता है?" बड़े विस्मय से उसने पूछा।

मैंने कहा, "जी, हो सकता है। लेकिन इसके लिए आपको अपने अतीत से जुड़ी एक-एक घटना विस्तारपूर्वक बतानी पड़ेगी।"

उसने कुछ पल सोचा और कहा, "मैं तैयार हूँ," लेकिन मेरी एक शर्त होगी कि उन शब्दों में मेरा नाम और मेरी पहचान गुप्त रखनी पड़ेगी। मेरा जन्म कहाँ हुआ, मेरा गाँव, मेरा शहर, जिला या प्रदेश, ये सब खोखले परिचय होंगे। अतः मेरी कहानी में सिर्फ मेरे मन का परिचय देना, एक स्त्री का वह परिचय जिसे वह ताउम्र मन में छिपाकर जीती है। हो सकता है मेरी कहानी लोगों को अजीब लगे। मेरी इस पूरी कहानी के आस-पास एक स्त्री का मन खड़ा मिले। यह न्याय कहानी पढ़ने वालों के ऊपर छोड़ती हूँ कि इसमें मेरा दोष कितना है और मैं निर्दोष कितनी हूँ! इस कारण नहीं कि मैं एक स्त्री हूँ, बल्कि इस कारण कि आखिर समाज का न्याय क्या कहता है।

"मैंने" कहा, "यही होगा, लेकिन आपका नाम क्या है?" वह एक पल के लिए हँसी और कहा, "क्या चेतना नाम बुरा है?"

"मैंने" कहा, "नहीं!"

बोली असली नाम और पहचान कब की पीछे छोड़ चुकी हूँ, अब जीवन में उस नाम और पहचान से डर लगता है. बात होती रही, ना जाने कब उसकी बीती जिंदगी कब तक पहुंच गई। वह बोलती रही, मैं सुनता रहा। उसका दर्द कुछ यूँ कहते हुए छलक उठा कि माना कि हर एक मुस्कान, हर एक कदम, हर एक शब्द एक लड़की की जिंदगी को नई दिशा देता है। उसे

एक सपनों के राजकुमार की तलाश थी। लेकिन ये बातें किसी अर्थ की नहीं रह जातीं जब उसकी जिंदगी, उसकी योजनाएं, उसके सपने वह राजकुमार आकर तबाह कर देता है। तब भावनाओं की बाढ़ आती है, जिसमें जिंदगी पूरी तरह बहकर उसके सुंदर महल खंडहर बन जाते हैं। तब वह सिर्फ खुद को असंख्य आईनों के कमरे में अकेला पाती है और मानों हर आईने में निकली परछाई उस पर हंस रही होती है।

मानती हूँ, असंख्य घावों वाले मन में एक शक्तिशाली आत्मा निवास करती है। किन्तु जब आँखों से आंसू की जगह खून आने लगे, तब वह आत्मा भी कई बार बाहर आने का रास्ता तलाश करने लगती है। पर इससे पहले वह बाहर आए, तब उस दर्द से निकले वो आंसू जीवन के महत्वपूर्ण पाठ सिखाने लगते हैं। इस अनजान दुनिया के बारे में नये-नये खुलासे करने लगते हैं। तब सिर्फ खुद से बात करने के अलावा कोई रास्ता नहीं बचता। तब समझ आता है कि अब खुद से प्यार करने के अलावा कोई रास्ता नहीं है। सब कुछ ठीक होने तक इस रास्ते को नहीं छोड़ेगी, हार नहीं मानेगी। अपने कदमों पर चलकर दिखाएगी। जिसमें उसे दर्द तो बहुत होगा, लेकिन वही दर्द उसे एक नया जीवन देगा। एक ऐसा जीवन जिसमें उसकी हंसी, उसके दुःख और उसकी कामयाबी पर सिर्फ उसका आदेश चलेगा।

ये बातें सुनने में मुझे काफी दिलचस्प लगीं। उसकी आत्मनिर्भरता और स्वतंत्र सोच से मैं प्रभावित हुआ। तब मुझे यह नहीं पता था कि प्रेम और विवाह दो अलग-अलग संसार हैं। एक में भावना और दूसरे में व्यवहार की ज़रूरत होती है। हर घर का एक ढर्रा है जिसमें आपको फिट होना है। जो फिट नहीं होते, वो अक्सर फिट होने के लिए नया ठिकाना खोजते हैं। हालाँकि, ऐसे सोचते हुए मैं थोड़ा भावुक था। मैंने पूछा, "क्या यही आपकी कहानी का आरंभ है?"

नहीं! दरअसल, मैं यह नहीं समझ पा रही हूँ कि कहाँ से आरंभ करूँ। वर्तमान का अंत तो समाज के सामने जगजाहिर है। भविष्य का मुझे ज्ञान

नहीं, तो चलो सबसे पहले उस अतीत में चलते हैं, जहाँ मेरी जिंदगी उन्मुक्त होकर झूमती थी। मैं अपने पापा की लाडली बेटी थी और माँ की तो क्या कहूँ, वो मानो मुझे देखकर जीती थीं। एक भाई था और एक दूसरी बड़ी बहन, लेकिन मेरी बहन की सोच मुझसे जुदा थी। वो समाज और संस्कृति की अधिक बातें करती थी। वो गंभीर रहकर जीवन के आचरण में लिपटी रहती थी। वो अक्सर कहती, "विवाह के बाद हर स्त्री और पुरुष का धर्म होता है, एक विश्वास के साथ अपना घर बसाना और समाज के नियमों के अनुसार आगे बढ़ना।"

हालांकि मुझे ऐसी किसी भी सामाजिक रुढ़िवादी कथाओं में यकीन नहीं था। मैं सिंड्रेला की तरह सपने भी नहीं देखती थी कि एक दिन कोई राजकुमार आएगा और मेरी तकदीर पलट देगा। नहीं मुझसे बस खुद पर आत्मविश्वास था। यह एक ऐसी चीज थी जिसके बल पर मैं जीवन के सभी युद्ध जीतने का हौसला रखती थी।

मुझे हंसना अच्छा लगता था। मेरी हँसी इतनी खुली थी कि कई बार माँ डांट भी देती थीं कि इस हँसी पर काबू पा वरना अगले घर जाकर हर रोज कुछ न कुछ सुनने को मिलेगा। मैं भी हँस के बोल देती कि जब मुझे फुल टाइम गृहणी नहीं बनना, तो मैं अपनी हँसी का सुधार नहीं करूंगी।

जब माँ मुझसे पूछती कि गृहणी नहीं बनेगी तो क्या बनेगी? तब मैं पुरे आत्मविश्वास के कहती कि मैंने जीवन की एक बिलकुल अलग तस्वीर देखी है और मैं उस तस्वीर के फ्रेम में खुद को सेट करना जानती हूँ। कई बार माँ मेरे ऐसे भारी भरकम शब्दों से डर जाती, तब मेरी बड़ी बहन आकर बीच-बचाव करती और कहती, "कोई नहीं, माँ, इसे समझा दूंगी।"

हाँ, इस सब के बीच हिंदी और गढ़वाली फिल्मों के गीत गाना मुझे बड़ा अच्छा लगता था। साथ ही मैं पढ़-लिखकर बिजनेस करना चाहती थी, आगे बढ़ना चाहती थी। मुझे जीवन में कुछ अलग करना था। हर रोज़ पापा से जिद

करती कि मुझे दिल्ली पढ़ने के लिए भेज दो। अंत में एक दिन पापा ने मेरी बात मान ली और मुझे पढ़ने के लिए दिल्ली बुआ के पास भेज दिया था।

मेरी बुआ शाहदरा में रहती थीं, वैसे तो थोड़ी भीड़-भाड़ वाला इलाका था लेकिन पॉश कॉलोनियों से जुदा वहां एक बात थी, वो था अड़ोस-पड़ोस का अपनापन। अड़ोसी-पड़ोसी हर समय एक-दूसरे के दुःख-दर्द में चाहे अनचाहे साथ खड़े हो जाते थे।

मैं भी अब बुआ के घर आ चुकी थी। यहाँ मेरे लिए सब कुछ अजनबी था। पहाड़ों से निकलकर एक लड़की मैंदान में आई थी, बिलकुल एक नदी की तरह उछलती-कूदती। उस नदी में हर कोई डुबकी लगाने को तैयार था। लड़के मुझे देखते और मेरी खूबसूरती पर मरते, कैसे भी करके किसी न किसी बहाने बुआ से मिलने भी आ जाते। मेरे फूफा जलबोर्ड में अधिकारी थे, तो बुआ साधारण सी गृहिणी थीं। पर बुआ की बातें हमेशा ऐसी होतीं जैसे सामाजिक जीवन पर कोई बड़ा शोध किया हो।

मैंने दिल्ली पहली बार देखी थी। दफ्तर जाती भीड़, ख़रीद-फरोख्त करती भीड़, तमाशा देखती भीड़, सड़क क्रॉस करती भीड़। लेकिन इस भीड़ का अंदाज़ निराला था। इस भीड़ में एकसूत्रता थी। न यहाँ जाति का महत्त्व था, न रंग और न क्षेत्र का। यहाँ सिर्फ एक चीज़ का महत्त्व था, वो ये कि कौन जीवन में कितनी सफलता और कितना धन अर्जित कर रहा था।

आज उसने बहुत कुछ बताने की कोशिश की थी और मैंने उसे सुनने की कोशिश की थी। लेकिन फोन डिस्कनेक्ट हो चुका था। मैं डिस्प्ले पर कुछ समय तक नजरें घुमाता रहा कि शायद फिर से फोन आ जाए। मैंने व्हाट्सएप पर जाकर उसकी प्रोफाइल फ़ोटो देखने की कोशिश की। खैर, मेरी कोशिश रंग लाई और प्रोफाइल पर गुलाबी रंग की साड़ी पहने हुए एक अथाह सुंदर आँखों वाली तस्वीर नजर आई, जिसकी आँखों में एक अजीब सा सन्नाटा छाया हुआ था।

(5)

उस रात मैं काफी लेट तक जागता रहा और सोचता रहा। क्या समाज ऐसा भी होता है? क्या ये सामाजिक रिश्ते इतने कमजोर होते हैं जो जरा-से अविश्वास की चोट पर टूट जाते हैं? क्या एक स्त्री इतना कुछ सहन करने के बाद भी समाज में अपना जीवन जी रही है? आखिर एक स्त्री के त्याग का मूल्य क्या है? क्या सिर्फ अत्याचार और मानसिक यातनाएं?

आखिर वो कैसे स्वयं को इतना मजबूत बना लेती है और सम्मान के साथ जीवन जीती है? ऐसे न जाने कितने सवाल मेरे मन में खुद-ब-खुद उठ रहे थे। मैं खुद को एक बिखरे हुए घोंसले के तिनकों के आस-पास खड़ा महसूस कर रहा था।

मेरा उससे पारिवारिक या सामाजिक रूप से भले ही कोई रिश्ता नहीं था, पर आज इंसानियत के लिहाज से सही, मैं खुद को उसके लिए बेबस सा महसूस कर रहा था। लेकिन साथ ही एक सवाल मेरे मन को काली चील की तरह नोच रहा था कि क्या यह लड़की सच में ही इतनी पवित्र है, जो खुद को वासना के भूखे लोगों से बचाकर यहाँ तक आई है? क्योंकि उसके एक किस्से में कई किस्से छिपे थे और हर एक किस्सा एक नया सवाल मन में खड़ा कर रहा था।

इसी उधेड़बुन कहो या इस कशमकश में, न जाने कब नींद आ गई, पता ही नहीं चला। अगली सुबह मैं अपने कार्यालय में अपने लेखन कार्य में व्यस्त था। किंतु बार-बार मेरा मन मुझे घसीटकर उसके सवालों में उलझा रहा था।

दिन में उसका मैसेज मेरे पास आया था, जिसमें लिखा था "अब वह जीना नहीं चाहती, वह मरना चाहती है।" अचानक आए इस प्रकार के मैसेज से मैं डर गया।

मैंने उसे समझाने के कई मैसेज रिप्लाई किए। अंत में उसका संदेश आया, "ऐसा कुछ नहीं, मुझे अभी जीना है। मैं तो बस मजाक कर रही हूँ।"

शाम हो गई, घर आया और मेरे एक-दो मित्र थे, उनसे बात की। आधुनिक नारीवाद की आवश्यकता, उसका महत्व और सामाजिक मुद्दों पर चर्चा की और मैं नींद के आगोश में समा गया।

रात के कोई ग्यारह बजे थे। अचानक चेतना की वीडियो कॉल से फोन रिंग बज उठी। एक पल के लिए तो मन में यह प्रश्न आया कि अभी कॉल रिसीव न करूँ..... किन्तु अचानक मस्तिष्क में आया कि नहीं, यह एक खुली किताब है और मैंने इसे अभी पूरा नहीं पढ़ा है। मैंने कॉल को रिसीव किया और स्क्रीन पर साड़ी पहने हुए चेतना को देखा। वह अद्भुत सुंदर लग रही थी।

बिना किसी हाय हेलो के उसने कहा, "सॉरी" बिना बताए रात को कॉल की। दरअसल, रिश्तेदारी में एक शादी का रिसेप्शन था। उसी से लौटते ही मुझे आपसे बात करने का मन हुआ। फिर बोली - एक मिनट रुकिए, मैं बस कपड़े चेंज करके आती हूँ।

उसने अपना फोन किसी चीज के सहारे सीधा रख दिया। एक-दो बार उसकी स्क्रीन पर मुझे इधर-उधर गुजरते दिखाई दी, फिर थोड़ी दूर खड़ी उसकी अधनंगी कमर मुझे दिखाई दी। फिर वह स्क्रीन धीरे-धीरे ओझल हो गई और जल्द ही मुझे वह टी-शर्ट में नजर आई। सामने आते ही उसके चेहरे पर मुस्कान फैल गई और उसने मुझसे पूछा, "कैसे हो?" साथ ही पूछा, "क्या मैंने आपकी नींद तो खराब नहीं की?"

"मैंने" कहा, "नहीं, मैं अक्सर जल्दी सो जाता हूँ, इसलिए इस समय एक पहर की नींद ले चुका हूँ।"

ओह, बहुत अच्छा। वैसे, मैं भी जल्दी सो जाती हूँ। सुबह चार बजे योग की क्लास लेनी होती है। बस आज शादी में लेट हो गई।

मैंने थोड़ा मुस्कुराकर पूछा, "अब आपके रिश्तेदार आप पर लांछन नहीं लगाते?"

चेतना ने चेहरे पर एक अनोखी मुद्रा लाते हुए कहा, "मैं यह दावा नहीं करती कि मैंने घाट-घाट का पानी पिया है, लेकिन मैंने नल-नल का पानी जरूर पिया है। पैसे में बड़ी ताकत होती है; जब इंसान के पास आ जाता है, वह पैसा सारी कमियों को ढक लेता है, यहां तक कि इंसान का नंगापन भी।

मुझे उसके उदास चेहरे पर अचानक गर्व और उस गर्व के अहंकार का परिवर्तित रूप दिख रहा था। लेकिन मेरे लिए यह महत्वपूर्ण नहीं था, महत्वपूर्ण था उससे एक सवाल.. अब आपका आगे क्या इरादा है? क्या आप अकेले रहना चाहेंगी या विवाह करना चाहेंगी?

यह सुनकर उसके होंठों पर मधुर मुस्कान फैल गई। विवाह करूंगी, लेकिन अपनी शर्तों पर, मुझे अब पति नहीं, प्रेमी चाहिए। मुझे गंभीरता नहीं, खिलखिलाहट वाला फूल चाहिए जो मेरे खाली हृदय को अपनेपन से भर दे। हम उम्र नहीं, कम उम्र चाहिए।

"मैंने" कहा, "मेरी शुभकामनाएं।"

आज उसके चेहरे में मुझे आज दुःख की जगह एक विजयी मुस्कान दिखाई दे रही थी। अब उसने मोबाइल का बैक कैमरा ऑन किया और कहा, "यह उसकी मेहनत का परिणाम है।" उसके सौंदर्य को तो मैं पहले ही भांप चुका था। अब उसके धन-वैभव का भी यह रंग-ढंग दिखलाई पड़ रहा था। वास्तव में, उसका घर आलिशान था। वह एक कमरे से दूसरे कमरे में मोबाइल लेकर घूम रही थी। "मैं" मन्त्रमुग्ध सा सब कुछ देख रहा था। इसे देखकर मेरी आंखें चौंधिया गईं एक दुखिहारी महिला का यह ठाठ। मुझे यह

सब दिखाने का क्या अभिप्राय हो सकता है? क्या यह एक दुखिहारी है या कोई मायाविनी है?

अचानक उसने फ्रंट कैमरा ऑन किया और मुझसे पूछा, "मेरे घर कैसा लग रहा है?"

"मैंने," कहा, "बहुत सुंदर, बड़े सलीके से आपने इसे सजाया हुआ है।"

"क्या आप इसके मालिक बनना पसंद करेंगे?" एक अजीब सी मुस्कान के साथ उसने पूछा।

"नहीं, मेरे पास इतने रुपये नहीं हैं कि 'मैं' इसे खरीद सकूं।"

"बेचना कौन चाहता है, मेरे मालिक बन जाओ, इसके खुद-ब-खुद मालिक बन जाओगे?" उसने हँसते हुए कहा।

"आखिर तुम्हारा मतलब क्या है? साफ-साफ क्यों नहीं कहती?" मैंने पूछा।

उसने स्क्रीन के पास आकर जादू-भरी आंखें मेरी आंखों में डालकर पूछा, "क्या आप मेरे साथ शादी कर सकते हो?"

मैं चुप रहा और सोचने लगा। क्या यह सच में ऐसा चाहती है या यह इसका कोई मायावी छल है? मैं सोच ही रहा था कि उसने मेरी सोच पर मानों एक प्रहार सा करते हुए कहा, "आपने तो कहा था कि आप डरते नहीं हो।"

हाँ, "मैं डरता नहीं हूँ।" मैंने आत्मविश्वास से जवाब दिया।

"तब क्या सोच रहे हो, कॉल कट करने की फिराक में हो?"

"नहीं, मैं जानना चाहता हूँ, आप मुझसे शादी करना क्यों चाहती हो?"

बताया तो तुमसे थोड़ा प्रभावित हूँ। दूसरा कामयाब हो और मेरी हम उम्र हो। अब मुझे अपने से बड़े लोगों पर एतबार नहीं होता। वे प्यार नहीं करते हैं, वे तानाशाही करते हैं। वे प्रेम नहीं देते, वे भावनाओं के बजाय चरित्र को

समझना चाहते हैं। वे सवाल पूछते हैं, वे हुक्म चलाते हैं और सच कहूँ तो मुझे अब इन सभी चीजों से घृणा हो चुकी है।

आपकी बात सही है, लेकिन माफ करना, मैं शादी नहीं कर सकता। यदि आपको कुछ सहायता चाहिए, तो मैं आपकी मदद कर सकता हूँ।

"कोई बात नहीं, आपकी मर्जी। बाकी मुझे आपकी सहायता तो चाहिए," उसने हंसकर कहा, "मर्द, जैसे सब हैं, वैसे ही आप भी हैं।"

मैंने कहा, "यह आपके सोचने का ढंग है कि आप मर्द में खोज क्या रही हो!" उसने मेरी बात पूरी भी नहीं सुनी और बात को बदलते हुए मुझसे पूछा, "क्या मेरी कहानी आगे सुनना है या अब कहानी से रुचि समाप्त हो गई?"

मैंने कहा, "बिलकुल नहीं, आप जब चाहें तब सुना सकती हो।"

तो सुनिए, दिल्ली बुआ के पास आने के बाद अब मैं एक मेट्रो सिटी का हिस्सा थी। मैं बहुत सारे सपने समेटे एक छोटे से गाँव से निकलकर दिल्ली में आई थी। मेरे पिता देहरादून में एक सरकारी विभाग में थे और मेरी माँ एक साधारण गृहिणी थी। मेरा जन्म उस परिवार में नहीं हुआ था जहाँ लड़कियों के जन्म पर शोक मनाया जाता है, न ही मेरे परिवार में लड़की को दुर्बलता की ब्रांड माना जाता था। बल्कि मेरे पापा तो हमेशा यही कहते थे कि "मेरी बेटी एक दिन हमारे समाज के सभी मिथकों को तोड़कर आकाश में अपनी सफलता की उड़ान भरेगी और अपने स्वयं के सशक्तिकरण का इंद्रधनुष बिखेरेगी।"

मैं उन लड़कियों में थी जो अपने मन की कुछ जगह को सारी दुनिया से बचाकर रखती थीं। जो न प्रेमी की होतीं, न घर की, और न ही भगवान की। वो जगह सिर्फ मेरी अपनी होती थी। जब-जब मैं सुख-दुख के अतिरिक्त होती, चुपचाप खिसक जाती उस मन की बची हुई जगह में और तैरती रहती दूर-दूर तक अपने भीतर के शांत समुद्र में और ढूँढ़ती रहती जीवन को, उसके अर्थ को, जो न जाने कहाँ खो गया था।

उस समय मैं जिंदगी के उस दौर से गुजर रही थी, जब जिंदगी चाँदनी बनकर एक लड़की पर बरसती है। कभी-कभी मैं खुद के प्रति ही आकर्षण की लहरों पर सवार हो जाती। खुद को देखना अच्छा लगता था, आईने में मेरी खूबसूरती बरसती, तो जैसे आइना भी शर्मा कर मुंह फेर लेता। ये वो दौर था जब लड़के मुझे देखकर आहें भरते और मैं उन्हें अपनी मुस्कान से निढाल करके चली जाती थी।

ढेर सारी मस्ती, स्कूल में मचाए धमाल का जिक्र क्या आज करना। बचपन से मुझे कोई अफसोस नहीं है कि हाय! यह सब कुछ मेरे हिस्से में क्यों नहीं आया। मेरी यादों के खजाने में जो यादें हैं, वे अपनी नरमी से गुदगुदाती हैं, पर कुछ यादें चुभने वाली भी हैं। यहां तक कि जीवन के कुछ हिस्सों को तो याद करने का मन भी नहीं करता।

वह बोल रही थी और मैं सुन रहा था। जैसे-जैसे कहानी आगे बढ़ रही थी, मेरे मन में उतने ही सवाल उठ रहे थे। लेकिन मैंने अपने सवालों को मानों हलक के अंदर चिपका लिया था।

अब उसने आगे बढ़ते हुए बताया कि दिल्ली आई तो बुआ के घर से दो गली छोड़कर एक अंचित नाम का एक लड़का था। वो भी मेरे ही कॉलेज में पढ़ता था। पढ़ाई में तो वह बहुत होशियार था, और देखने में भी कक्षा के अन्य लड़कों की तुलना में काफी स्मार्ट था। जहां मैं अपने आप में और अपनी किताबों में सिमटी रहती थी, वहां अंचित बहुत हंसमुख और सबके साथ मिलने वाला लड़का था। शुरू से ही मन ही मन मैं उसे पसंद करती थी और उसके हंसमुख रवैये के कारण मैं उससे बात करने के लिए मौका ढूंढती रहती थी। कभी नोट्स लेने का बहाना या फिर किसी विषय पर जानकारी हासिल करने के लिए मौका ढूंढती रहती थी। पर अंचित तो एक आज़ाद पक्षी की तरह एक डाल से दूसरी डाल पर घूमता रहता था। इसे देखकर मेरा मन हीन भावना से भर गया कि शायद मैं इतनी आकर्षक नहीं हूं, जिससे अंचित जैसा बहुमुखी प्रतिभा का धनी लड़का मुझसे आकर्षित हो! मेरा मन

दुखी हो गया, लेकिन कभी भी मैं अपने मन की बात किसी से कह नहीं पाती।

मुझे अंचित का हर एक लड़की के साथ हँसना-बोलना नहीं भाता था। मन में उससे नफरत की भावना उभरने लगी कि मर्द की तो ऐसी ही आदत होती है। अगर उसकी आँखों के सामने बीस लड़कियाँ भी आ जाएँ, तो वह सभी को प्रपोज़ कर देगा। अंचित को लेकर नकारात्मक बातें मेरे मन में घर करने लगीं। सोचती, जब इस पर इतनी लड़कियाँ फ़िदा हैं, तो यह ज़रूर चोरी-छिपे इन लड़कियों के साथ बिस्तर साझा करता होगा। इस सोच के कारण मैं अक्सर बहुत दुखी हो जाती थी।

पूरे दिन घर में बिताने, किसी से बात न करने और कहीं जाने की इच्छा नहीं होती थी। मन में घुटते रहने के अलावा कुछ नहीं था। सच कहूँ, उस समय मैं अंदर ही अंदर टूट सी गई थी। कोई फोन भी आता, तो उसे भी नहीं उठाती थी। मेरे फेसबुक पर किसी लड़के के मैसेज भी आते, तो रिप्लाई करने का मन नहीं करता था।

आज चेतना की आँखों में मुझे एक अजीब सी चमक दिख रही थी। वो बोलते जा रही थी- कि कहते हैं होनी होने के लिए बनी है। एक दिन अचानक हम दोनों मेट्रो ट्रेन में टकरा गए। अंचित ने मुझे देखते ही हल्की मुस्कान के साथ "हाय" कहा, पर मैं अपने स्वभाव के कारण "हाय" का प्रतिउत्तर नमस्ते देकर स्टील के पतले खंभे से सटकर नजरें नीचे कर खड़ी हो गई थी।

मेरी नजर अंचित के पैरों पर थी, जो धीरे-धीरे मेरी ओर सरक रहे थे। मैं अंचित को इतने करीब से देखकर अंदर ही अंदर खुश थी, पर अपनी खुशी के भाव चेहरे से प्रकट नहीं होने दे रही थी। एकाएक उसने मेरे सिर के ऊपर से खंभा पकड़ते हुए पूछा, "नाराज हो मुझसे?"

"नहीं तो, तुम मेरे क्या लगते हो जो नाराजगी की नौबत आए!"

अंचित ने कहा, "हाँ, ये भी सही है, पर मुझे तुम बहुत अच्छी लगती हो! क्या रिश्ता काफी नहीं है?"

तुम्हारे हाथों में तो रिश्तों के बेशुमार बीज हैं। जहाँ लड़की दिखी, वहीं रोप दो... कहते-कहते मैं रुक गई, मैं अंचित को अपनी बौद्धिकता के वार से ज्यादा आतंकित नहीं करना चाहती थी। लेकिन फिर भी मेरे कुछ शब्दों ने जीवन को पूरी मस्ती के साथ जीते-भोगते अंचित को अंदर तक हिला दिया था। उसके मन में एक ऐसी उछल-कूद होने लगी, जब जुआरी दांव पर कुछ नहीं लगाता, पर फिर भी उसे हार का डर सताने लगता है।

उसी तरह भी आज अंचित न जाने क्यों वर्तमान का सब कुछ लेकर भविष्य की संभावना के द्वार पर खड़ा हो गया। कुछ मिनटों में लड़कियों से अपनी बात मनवाने वाला अंचित सोच रहा था, आखिर इसके मन का दरवाजा किस धातु का बना है, यह दरवाजा क्यों नहीं खुल रहा है! फिर भी उसने साहस के साथ कह दिया, "तुम बहुत सुंदर हो।"

मैं हंस उठी थी, "क्या सच में मुझमें ऐसा कुछ है?"

"तुम परी जैसी हो।"

"चाँद, सूरज, परी, सितारे, कहकर ही तुम लड़के-लड़कियों को फ़ुसलाते हो।"

"नहीं चेतना, मैं सब जैसा नहीं हूँ, मैं इस दुनिया से अलग हूँ।"

मैंने अभी किसी को ट्राई नहीं किया, जो पता चले कि अलग हो या सब जैसा हो! और वैसे भी बातों से तो नहीं लगता, यदि तुम दुनिया से अलग होते, नज़र मेरे चेहरे पर ना रुकती।

उसने क्रिकेटर की तरह डिफ़ेंस खेलते हुए कहा, "यदि नज़र फेस से खिसक कर कहीं जरा दाएं-बाएं होती तो शायद तुम इससे बड़े आरोप मुझ पर मढ़ देती। खैर जाओ, यदि विश्वास नहीं है तो आज के बाद मुझसे बात मत करना।"

अंचित का वाक्य पूरा भी नहीं हुआ था, मैं हंसकर कहने लगी, "सब यही कहते हैं।"

जब तक मैं अपनी बात पूरी कर पाती, मेट्रो की अनाउंसर बोल उठी, "ये कश्मीरी गेट स्टेशन है, दरवाजे दाईं ओर खुलेंगे।" मैं अंचित को हल्की मुस्कान के साथ नमस्ते कहकर यात्रियों की भीड़ का हिस्सा बन गई।

इतना किस्सा बताकर अब चेतना शांत हो गई थी। कुछ देर ठहरकर बोली, "आपको बता दूँ, मेरी इस कहानी में एक पात्र और भी है, शायद उसके बिना मेरी यह कहानी अधूरी है।" उसके इतना कहते ही मेरे मन में विचार आया, "शायद वह लिंक मुझे मिल गया जिसकी मुझे तलाश थी।" मैंने बड़ी उत्सुकता के साथ पूछा, "कौन है वो?"

वह एक "लड़की" है, जिसका नाम "नायरा" है। वही मेरी एकमात्र सहेली थी। कॉलेज में सब उसे विदुषी कहते थे। उसके मुख से निकला हर शब्द सामने वाले के हृदय को चीर-चीर कर देता था। वह एक ऐसी लड़की थी जिसने जीवन को गंभीरता से देखा और जीया था। वह जीवन के हर पल का गंभीरता से अवलोकन करती और उस सत्य को स्वीकारती थी जिसे दुनिया झूठला कर जीती है। सब रिश्ते-नाते उसके लिए उतने ही महत्व रखते जितने दूसरी दुनिया के। वह उन सबके बीच रहती है, जीती, पर पता नहीं, उसे इंसानों में से एक अजीब सी स्वार्थ की गंध आती रहती है। उसकी ताकत उसका सत्य बोलना है, किंतु उसकी हार भी उसका सत्य है। एक ऐसी लड़की जिसके पैरों के सामने रास्ता नहीं है, लेकिन वह चल देती है यह सोचकर कि जो इस रास्ते से सबसे पहले गुजरा होगा, उसे ही कहाँ इसका कठिनाई का ज्ञान होगा।

जब भी उससे मिलती, तो मैं उसके गले लग जाती। उस दिन भी जब वह मेरे सामने आई, तो मैंने उसे गले लगाकर कहा था - "अरे गूंगी गाय, तू कल कहाँ थी?"

"बुखार था।" उसने रूखे स्वर में कहा।

"क्यों, कुछ खास काम था?"

"नहीं रे, वैसे ही पूछा। तेरी याद आ रही थी पर तेरा तो फोन भी स्विच ऑफ था।"

"हाँ, मैं बताना भूल गई कि जिस कॉलोनी में रहती हूँ, वहाँ लाइट की स्थिति बहुत खराब है। पहले तो लाइट नहीं थी और दूसरा इनवर्टर भी कई दिनों से खराब है, ऊपर से मुझे बुखार था। मैंने बस फोन को स्विच ऑफ कर दिया था।"

"क्यों, घर में कोई और नहीं है?" मैंने गहरी जिज्ञासा प्रकट कर पूछा।

नायरा मेरे प्रश्न को नजरअंदाज कर बोली, "बुखार के कारण अभी भी शरीर में कमजोरी है, सो खड़ा होने में असमर्थ हूँ।"

"कहाँ बैठेंगी?" मैंने चारों तरफ नजर दौड़ाकर पूछा।

"गेट नंबर सात के बाहर पार्किंग के बराबर में इस समय वहाँ भीड़ नहीं होती।"

पेड़ के नीचे पत्थर की बनी बेंच पर बैठते हुए मैंने पूछा, "नायरा, तूने मुझसे कभी अपने बारे में कुछ नहीं बताया?"

मेरा स्वर बंद भी नहीं हुआ था कि नायरा बोल उठी, "क्या बताऊँ, कुछ अच्छा होता तो बताती, बुरे दौर का क्या गीत गाना! फिर भी बता देती हूँ, आज मेरी बातों से जो अर्थ निकालना चाहे, निकाल लेना। किन्तु एक शर्त है, फिर रोज-रोज मत पूछना। जो पूछना है, आज पूछ लेना, अतीत के साथ रोज-रोज तर्क-वितर्क मुझे अच्छे नहीं लगते। अचानक चेतना बोलते-बोलते रुक गई। एक लंबी साँस लेकर उसने मुझसे पूछा, "आप मेरी कहानी से बोर तो नहीं हो रहे हैं?" मैंने कहा, "नहीं, परंतु मन में सवाल है कि क्या नायरा का किस्सा आपकी लाइफ से अभी भी जुड़ा है या खत्म हो गया है?"

उसने कहा, "अगर जुड़ा न होता तो मैं उसका जिक्र ही नहीं करती।"

नायरा ने बताया था कि वह झारखंड के एक गांव से बिलॉन्ग करती है। वह

तीन बहनें हैं। उनके पापा आर्मी में जेसीओ थे। जब वह सात साल की थी, तब उसके पापा देश के लिए शहीद हो गए थे। उस समय उसे दुख-सुख का इतना अहसास नहीं था। बस समझती थी, पापा ड्यूटी गए फिर आ जाएंगे। पापा की शहादत के बाद उसकी माँ बिलकुल टूट गई थी। फिर भी उन्हें कभी धुले, कभी अध-धुले फ्राक पहनाकर, काजल की जगह तवे पर ऊँगली रगड़कर आँखों पर काली राख लगाकर स्कूल भेज देतीं। फौज की तरफ से जो पैसा मिला, वह उनके ताऊ-चाचा में बंट गया। जो परिवार पहले उनके साथ बड़े-बड़े वादे करता था, समाज के सामने कहता था कि उन्हें कभी पिता की कमी महसूस नहीं होने देगा, वही लोग कुछ दिन बाद उनकी माँ को घूरने लगे थे। वही लोग उनकी माँ को डायन तक कहने लगे थे।

यहां तक कि जब अड़ोस-पड़ोस में कोई बीमार होता, तो गांव के लोग उनकी मां के ऊपर जादू-टोना का दोष मढ़ने से भी बाज नहीं आते थे। कुछ लोगों की भूख उनकी मां के यौवन को लेकर थी, तो कुछ को उनके बचे-खुचे धन की लालसा थी।

एक दिन मैंने नायरा के मन के किवाड़ को अंदर की तरफ खोलते हुए पूछा, तो तब उसने बताया था कि उसकी मां कोई स्वर्ग की मिट्टी से तो नहीं बनी थी? शायद बह गई एक दिन भावनाओं के बहाव में। अपनी औलाद के सुख के पथ को साफ करने के लिए महर्षि दधिची की तरह ही अपनी काया दान कर दी थी!

उस दिन नायरा के कहे एक-एक शब्द मेरे मन पर सलाखों की तरह पड़ रहे थे। नायरा बोलती जा रही थी, मैं सुनती जा रही थी। वो बता रही थी कि "मैं नहीं जानती, आखिर माँ ने यह सब क्यों किया! पाप-पुण्य, नैतिकता-अनैतिकता, धर्म-अधर्म, इन सभी सवालों को माँ ने अफीम पिला कर सुला दिया होगा। शायद उस क्षण के आवेग को भगवान का दिया सुख-दुःख समझकर अपने सतीत्व की ही चिंता नहीं की हो! बाद में माँ तो हमारे पास सुरक्षित रही, किन्तु माँ के पास कुछ नहीं रहा। आज उसकी आँखों में कामना

की कोई लहर नहीं, पर उनकी निःसंग और निर्विकार आँखों में पसरा सन्नाटा रोज देख सकती हूँ...."

"कौन था वह?" जब मैंने पूछा, तो नायरा ने नीचे देखते हुए कहा, "पड़ोस का ही एक लड़का था जो रिश्ते में उनका चाचा लगता था।"

मैंने नायरा का सिर अपने कंधे पर रखते हुए कहा था, "देखो नायरा! कहते हैं प्रेम करना हर महिला का जन्मसिद्ध अधिकार है, लेकिन यह उस पर निर्भर करता है कि वह नायिका बनती है या किसी का शिकार। तुम्हारी माँ ने कोई गलती नहीं की है, न ही वह उसका शिकार बनी। बस उसने वह किया जो उसे उस समय करना चाहिए था। माँ बनना जीवन की सबसे महान तपस्या होती है। तुम्हें खुश होना चाहिए कि तुम्हारी माँ उसकी प्रेमिका बनने की बजाय तुम्हारी माँ बनी रही है।"

मेरी द्वारा दी जा रही सात्वना से नायरा मानो तड़प उठी- "जानती हूँ चेतना, किन्तु वह माँ के समर्पण के बावजूद भी हमारा बाप नहीं बन सका। जैसे ही बड़ी दीदी थोड़ी सयानी हुई, उसने उस पर अपनी गंदी नजर गड़ा दी। इस बात का माँ को जब आभास हुआ तो न जाने एक दिन उस डरी-सहमी सी हिरणी में शेरनी की ताकत आ गई। किन्तु तब तक दीदी की पवित्रता लूट चुकी थी। इसके बाद माँ हम सब को लेकर दिल्ली आ गई। क्या औरत इतनी कमजोर होती है, चेतना, कि उसके पास पलायन के अलावा कोई विकल्प नहीं बचता?"

मैं एकटक उसके चेहरे को देखते हुए बोलती हूँ, "नहीं!" किन्तु कई बार उसे पलायन करना पड़ता है, पलायन के अतिरिक्त और कोई दूसरा मार्ग नहीं सूझता। उसे अपने बच्चों और खुद के हक के लिए लड़ना पड़ता है। संकल्पित होकर वह सही मायने में अपने डर से भागती है, जिसे लोग पलायन कहते हैं।

चेतना, तूने प्यार के बारे में मूवी देखी होगी, नोवल पढ़े होंगे, कहानी किस्से सुने होंगे। हर जगह प्यार को वासना की जगह उपासना बताया गया।

पर प्यार का एक घिनौना चेहरा भी होता है, उसे कोई नहीं बताता! प्यार के उपवन में खिले फूल तो दिखाए जाते हैं, किन्तु उसके अंदर उजड़े वीरान घोंसलों के बिखरे तिनके कोई नहीं दिखाता। और भी सुनोगी नायरा की दुखगाथा? क्या करोगी, सुनकर!

तुम यह सोच रही होगी कि उस चाचा का फिर क्या हुआ? जाने दो, हाँ एक बात बता दूँ, तब से मेरी जिंदगी मेरी आत्मा के मौन खंडहरों में उन्मुक्त घूमती है। मैं एक भटकी हुई बुलबुल हूँ। मुझे किसी टूटी डाल पर अंधकार बिता लेने दो! फिर किसी रोज तुम्हें अंतिम तान सुनाकर जाऊँगी।

उस दिन नायरा के शब्दों को सुनकर मैं मोमबत्ती की तरह जलती-पिघलती सोचने लगी थी, क्या जीवन का सच सचमुच आग की एक लपट है, जिसकी रोशनी में खुद को पहचानना पड़ता है!

अचानक चेतना की आवाज़ आना बंद हो गई थी। मैं बार-बार हेलो-हेलो कर रहा था। कुछ सेकंड बाद मुझे चेतना की हल्की-सी सिसकने की आवाज़ सुनाई दी। मैंने पूछा, "अगर आप ज्यादा दुखी हों या बताने का मन न हो, तो क्या मैं एक-दो दिन बाद कॉल करूं?"

उसने मेरी बात अनसुनी करते हुए कहा, "एक नारी की जिंदगी कितनी भी स्वतंत्र हो जाए, किन्तु उसे एक पुरुष की जरूरत होती है। अब वह पुरुष उसकी कितनी जरूरत बनता है, कैसे जरूरत बनता है या उसे अपनी जरूरत समझता है, इन सवालों का कोई जवाब नहीं है, पर आज फिर मेरे मन के अंधेरे कोने में लाचार पड़ी एक बेबस नारी चीख रही है।"

चेतना मानो अपने अगले सवालों में मुझसे जवाब मांग रही थीं, उसकी आँखें आँसुओं से लबालब भरी थीं। जहाँ थोड़े समय पहले उसके मुख की सौंदर्य आभा मोबाइल स्क्रीन से टकरा रही थी, किन्तु अब उस सुंदर चेहरे पर आंसुओं का सैलाब था जो उसकी सुंदरता को दीमक की तरह चाट रहा था। मैं चाहकर भी कोई दिलासा देने को तैयार नहीं था, क्योंकि अभी मुझे उसकी कहानी का कुछ भी पता नहीं था।

अंत में मैंने अपने मौन तोड़ते हुए कहा, "रात काफी हो चुकी है, कृपया आप सो जाओ।" उसने कोई जवाब न देकर अस्फुट स्वर में हामी भरी और कॉल को डिस्कनेक्ट कर दिया।

(6)

मैं हर रोज सुबह जब जागता हूँ तो स्वयं एक बेहद शांत, समझदार और परिपक्व प्राणी समझकर जागता हूँ, लेकिन रात होते-होते मेरा यह वहम टूट जाता है। रात के अँधेरे में खुद से बात करता हूँ, अपनी दिन भर की मूर्खता पर अपने अंदर एक संसद बना लेता हूँ, जिसमें मेरा मन, मेरा अहम, मेरी बुद्धि और मेरे विवेक के बीच बहस होती है। जीत किसकी होती है, मैं कभी नहीं समझ पाया, किंतु हर रोज हार मेरी ही होती है।

जब चेतना अपनी सहेली नायरा का किस्सा बताकर रोने लगी थी, तब मैं भी कुछ पल के लिए बेहद भावुक हो गया था। वो भले ही समझती रहे कि मेरी नजर में उसकी भावुकता का कोई मोल नहीं है, लेकिन सच ये है कि उस समय उसे अपनी भावुकता दिखाकर मैं आज हारना नहीं चाहता था।

माना उस समय उसकी सुनहरी चमकती आँखों में आंसू थे, मानों सोने के किसी आभूषण पर ओस गिर गई हो। उस दिन वो शायद कुछ आगे बताना चाह रही थी, लेकिन मेरी कॉल डिस्कनेक्ट करने की विनती से जैसे उसकी पीड़ा कंठ से फंसकर रह गई थी।

कॉल डिस्कनेक्ट होने पर मुझे ऐसा प्रतीत हुआ कि वह मुझे किसी रस्सी से बांधकर चली गई हो। नहीं, यह सच नहीं था, यह मेरा भ्रम हो सकता है। यह कोई सपना था जो मैंने खुली आँखों से देखा है। भला कोई ऐसे भी शादी का प्रस्ताव रखता है! यह कोई मोहिनी स्त्री है। मैंने सुना था कि जोनसार की लड़कियां काला जादू कर देती हैं, क्या यह भी ऐसा ही जादू लोगों पर करती हैं, तभी तो इतना आलिशान घर बनाया है!!

मैं तत्परता से उसकी इंस्टाग्राम आईडी पर गया। वहां उसकी लगभग सौ से अधिक पोस्ट थीं। उसके बायो में लिखा था "योगाचार्य," लेकिन योग से

संबंधित पोस्टें कम और पर्यटन से संबंधित पोस्टें अधिक थीं। वहां अलग-अलग एंगल से फोटोग्राफी थी, जहां योग कम और उसकी शारीरिक सुंदरता का प्रदर्शन अधिक था। सिर्फ एक पोस्ट में मुझे उसके साथ एक छोटा लड़का दिखाई दिया, शायद वह उसका बेटा होगा। वरना सभी पोस्ट में वह अकेली थी। कहीं शॉपिंग मॉल में तो कहीं विमान से उतरने की, कहीं समुद्र के किनारे तो वहीं सुरम्य घाटियों में उसकी ढेरों तस्वीरें थीं।

बहरहाल यह उसका जीवन और उसकी स्वतंत्रता है। वह अपना जीवन अपने अनुरूप जीने का हक रखती है। मैं यह सब सोच ही रहा था कि फिर से चेतना की कॉल आई, इस बार भी मेरा मस्तिष्क मानो कुंद सा गया और मैंने कॉल को रिसीव किया। उसने फिर उसी अंदाज में पूछा, "अभी सोये तो नहीं?"

मैंने कहा, "नहीं, मैं बस आपके बारे में सोच रहा था।"

लेकिन मेरे इस जवाब से उसके माथे की त्योरियां चढ़ गई। बोली, "मेरे बारे में सोचने की आपको कोई जरूरत नहीं है। मैं अब अपने बारे में खुद सोचती हूँ। जिसे मेरे बारे में सोचना चाहिए था, जब उसने ही नहीं सोचा, तो मैं अब किसी को अपने बारे में सोचने का हक़ नहीं देना चाहती।"

पहले जवाब से मैं डर गया था कि बात बनते-बनते बिगड़ गई। मैं खामोश होकर उसे देख रहा था। लेकिन उसके दूसरे जवाब से मुझे रास्ता मिल गया कि बात बिगड़ते-बिगड़ते बन गई। अब मैंने साहस बढ़ाकर कहा, "आखिर हुआ क्या था जो आप इस तरह टूट गई हो!" मेरा सोचना सिर्फ यही था।

अचानक उसका चेहरा गुस्से से भर उठा। बोली- "नायरा की माँ ने कौन सा पाप किया था, बस इतना कि उसे अपने शरीर पर कब्जा दिया गया? और उसने बदले में क्या दिया? उसकी बेटी को ही।" "छि, नारी पुरुष के लिए बस उसकी संभावनाओं का द्वार होती है। जहाँ नारी समर्पण कर देती है, पुरुष वही

उसे जीतकर दूसरी को जीतने की चाह में रखता है। मैंने अंचित के लिए क्या नहीं छोड़ा, अपना घर, परिवार, लेकिन बदले में मुझे क्या मिला - वनवास?

वह अब अचानक फिर अपने अतीत में चली गई - कैसा दिन था वह जब अंचित ने क्लासरूम में मेरे पास बैठकर पूछा था - "कैसी हो चेतना, पढ़ाई कैसी चल रही है?"

मुझे भी अच्छा लगा उसका इस तरह पूछना कि चलो, किसी को तो परवाह है मेरी। फिर उसने किस तरह अपनी कंपकपाती ऊँगली मेरे हाथ पर रखकर पूछा था- "कोई तुम्हारे मन को पढ़ ले या तुम्हारी भविष्य की सुंदर कल्पनाओं, सपनों में दखल दे तो क्या तुम उसे पसंद करोगी?"

भला कोई ऐसा क्यों करेगा? मैंने भी अपने मन में उफनती उमंग को किनारा सा देकर पूछा था।

उस दिन उसने मेरी खुली पलकों में झांककर कहा था - "आज मैंने दुआ माँगी है तुम्हारे लिए, कि तुम इस खुले आसमान में अपनी कल्पनाओं के सतरंगे पंख लेकर अनंतकाल तक इस सपनीले प्रदेश में विचरण करो। मैं तुम्हारी भावनाओं की ढाल बनने का प्रयत्न करूंगा, जिससे कोई भी तुम्हारे पक्के होते मन की मिट्टी पर वक्त से पहले किसी भी अनचाही याद की छाप न छोड़ सके।"

अचानक मैंने अपना हाथ समेटते हुए कहा - वैसे तो मुझे विरासत में सारा संसार मिला है। मैं उन्मुक्त हूँ, परंतु इस उन्माद से पहले खुद को रोकना जानती हूँ। जीवन की उच्छृंखलता का अर्थ बड़ी अच्छी तरह से समझती हूँ। तुम सुंदर हो, किंतु पता नहीं जीवन की क्षणभंगुरता से परिचित हो या नहीं। अभी रुको, खुद को न सही, कम से कम मुझे तो समझने में समय लगाओ!

"नहीं चेतना, सबके बाद जब मैं तुम्हें अपने पास ही पाता हूँ, अब और किसी की आकांक्षा या लालसा ही नहीं रह गई। मैं समझता हूँ कि....."

"अंचित, तुम कुछ नहीं समझते हो।" मैंने बीच में ही रोककर पूछा, "यदि मैं बह जाऊँ और डूबने लगूँ?"

"मैं नाव बन जाऊँगा!" अंचित ने अपना उत्तर मेरे मांगने से पहले दे दिया था! मैं निस्वास सी होकर सजल हो गई थी। होती भी क्यों न, जीवन में कुछ पल ऐसे भी होते हैं, जो भविष्य से टूटे हुए होते हैं। फिर भी साँसों में बस जाते हैं, प्राणों में धड़कते हैं। कभी-कभी इंसान उन्हीं पलों को जीवन समझ लेता है और इन्हीं पलों के सहारे वह जीवन की बहती नदी में कभी नाव बन जाता है तो कभी किसी की पतवार।

अचानक अंचित ने मेरे कदमों में बैठते हुए कहा था, "मैं हूँ और तुम हो। हम दोनों अलग-अलग सम्पूर्ण नहीं हैं। मेरा तुम्हारा अस्तित्व हर एक जन्म से जुड़ा है। तुम्हें देखकर लगता है जैसे मैं बरसों से तुम्हें ही खोज रहा हूँ। तुम्हें पाने की मेरी लालसा कोई दैहिक नहीं है। बस मैं तुम्हारी आत्मा को पाना चाहता हूँ। तुम्हारे मन के कोने में अपनी जगह चाहता हूँ। मैं सर्वस्व होकर जीना भी और मरना तुम्हारे कदमों में चाहता हूँ।"

"बस-बस, ओये तमाशा मत कर।" ये कहकर मैं हंस पड़ी थी। "तुम तो एकदम से मध्यकाल के प्रेमी हो गए। अभी रुको, ठहरो! मेरी मजबूरी समझो। तुम जिस तरह मुझे बता रहे हो, मैं तो एकदम से खो ही गई थी। क्या सच में तुम हमेशा मुझसे इतना प्यार करोगे? या फिर ये शुरुआत का नाटक भर है!"

"बेकार की बातें मत करो, चेतना। जब मैं तुमसे कह रहा हूँ, तो दिल से कह रहा हूँ और हमेशा ऐसे ही मुझे अपने करीब पाओगी। मैं तुमसे कोई लालसा नहीं रखता। न मैं तुम पर अपनी कोई दावेदारी जता रहा हूँ, निस्वार्थ भाव से तुम्हारे साथ चलने की सोच रहा हूँ, जिसके पीछे मेरे मन में कोई गलत भावना नहीं है।"

अब मैं उसके लिए अपने मन में बहने वाली भावना को रोक नहीं पा रही थी। खुद को उसके साथ बेहतर तरीके से साझा करने की सोचने लगी। थोड़ी

सी इस उम्मीद में कि उसकी भावनाओं का जवाब उसी की तरह दूँ और यह भी कहूँ कि मैं उसकी बहुत परवाह करती हूँ।

तभी वहाँ से पॉपकॉर्न बेचने वाला गुजरा। अंचित ने पॉपकॉर्न का पैकेट खरीद लिया। उसने मेरी ओर इशारा करके पूछा, "खाओगी?" मैंने मुस्कुराकर पैकेट अपने हाथ में ले लिया, मुझे "पॉपकॉर्न" पसंद हैं, उस समय तो और भी ज्यादा जब खाने के लिए जेब में कम पैसे हों। अंचित ने हँसते हुए पूछा, "एक और खरीद लूँ?"

"ना, इतनी भी भुक्कड़ नहीं हूँ, बस यह काफी है।" वह खामोश होकर मेरी ओर देखने लगा था। मैं चाहती थी कि अंचित मेरी इस बात का मतलब समझे, वह बिना उसके कहे ही समझ जाए। पर अब हम दोनों चुप थे, इस आस में कि एक क्या बोले और दूसरा क्या सुनना चाहता है।

मैंने पूछा था, "अब चुप क्यों हो गए?" जब बोलने को कुछ नहीं हो, मैं चुप ही रहता हूँ। हम दोनों फिर खामोश थे और खुद को एक-दूसरे के शब्दों में ज्यादा से ज्यादा खोज रहे थे। अचानक अंचित ने मेरी तरफ देखकर कहा, "तुम्हें मुझसे शादी करने में प्रॉब्लम क्या है?"

अरे! मैं रास्ते पर सिर्फ खड़ी होने की कोशिश कर रही हूँ और तुम मंजिल पर पहुँच गए। रुको, मिस्टर, अभी धीरज धरो। शादी सिर्फ दो लोगों का फैसला नहीं होता। यह दो परिवारों की अस्मिता से जुड़ी परंपरा होती है। तुम लड़के भी न, अपनी कल्पनाओं को बाइक की तरह एकदम रेस दे देते हो।

अंचित ने यहाँ मौन रहना उचित समझा। उसने अपने कंधों को उचकाया और अपने जूतों की तरफ देखने लगा। उसके मन में इस समय कोई अन्य संभावना नहीं थी। शायद बस वह मुझे मेरी उसी मुस्कान के साथ वापस भेजना चाहता था, जो मुस्कान लेकर मैं आई थी। आज वह मुझे एक बोधिक जीत सौंपना चाहता था।

मैं जानती थी कि अंचित बीच-बीच में मुझे देख रहा है। जिस तरह वह मुझे देख रहा था, मुझे भी अच्छा लग रहा था। मैं कमजोर पड़ रही थी। मेरा मन हो रहा था कि अभी खुद को अंचित को सौंप दूं, किंतु हर बार मेरा दिमाग मुझे रोक रहा था। दूसरी तरफ अंचित समझ नहीं पा रहा था कि यह प्यार है या कुछ और? आखिर यह अनुभूति उसे अन्य किसी लड़की के साथ क्यों नहीं होती! शायद वह विस्मय के इस वर्तमान जंजाल में भविष्य की संभावना का द्वार टटोल रहा था।

इतना कहकर, अब चेतना जैसे मुझसे पूछने लगी - कितना अजीब होता है जब हम किसी के बारे में सोचते हैं, उसे अपने अनुकूल होने का मौखिक दावा भी करने लगते हैं। वह यदि अच्छा है, हम उसे बहुत अच्छा कहने लगते हैं। उसकी कमियां हमारे लिए मायने नहीं रखतीं। उसकी हर बात दिल को सुकून देने वाली होने लगती है। इन कमजोरियों को लोग प्यार कहते हैं और हम आसानी से उत्सुकता के साथ हाँ भी भरते हैं। मेरा मन भी कुछ ऐसा ही हो चला था। अंचित के बारे में मेरे मन में जो विचार पहले थे, अब वे बदल चुके थे। अब मैं एक विश्वास के साथ अपने तन-मन को समर्पण कर चुकी थी।

वह खोई-खोई अपने अतीत में खुशी और ग़म की तलाश कर रही थी, जैसे कि वह अतीत की एक माला पहन रही हो। अचानक नेटवर्क कमजोर हो गया और उसका फोन डिस्कनेक्ट हो गया। मुझे लगा कि शायद उसने कॉल काट दिया है। रात काफी बीत चुकी थी, मैंने उसे दुबारा फोन करना उचित नहीं समझा।

(7)

अतीत को भूलना हम सभी के लिए बहुत मुश्किल काम होता है, विशेषकर जब हमारे साथ कठिन अनुभव जुड़े होते हैं। इसलिए हम चाहकर भी उन्हें भूल नहीं पाते हैं। अतीत हर व्यक्ति को परेशान करता है, चाहे वह अच्छा हो या बुरा। शायद पृथ्वी पर कोई ऐसा मनुष्य नहीं होगा जो समझदार होने के बावजूद अतीत की अच्छी या बुरी यादों से प्रभावित नहीं होता होगा। बड़े से बड़े मानसिक रूप से मजबूत व्यक्ति भी चाहें न चाहें, दिन में दो बार अतीत का शिकार होते हैं, बस फर्क इतना होता है कि कुछ लोग अपने चेहरे और मन के भावों को छुपा लेने की कला विकसित कर लेते हैं और बहुत से लोग ये मनोभाव छुपा नहीं पाते हैं।

चेतना अपने अतीत को बेहतर जानती थी, उसने सुख, दुःख, हँसी, मजाक और हर एक भावना के लिए अपने मन में एक अलग-अलग कोना बनाया था। कभी वह एक कोना खोल देती, कभी दूसरा और कभी सभी कोनों को एक साथ खोल देती, जिससे थोड़ा दुःख, थोड़ा सुख, थोड़ी खुशी और थोड़ा ग़म का मिश्रण होकर एक साथ बाहर आता।

हाँ, उसकी एक आदत ऐसी थी कि वो जो भी बोलती, उसे सच मानने लगती थी। वो अपने किसी भी झूठ को इतनी सफाई से दोहराती कि सामने वाला इंसान चाहकर भी उसके झूठ को स्वीकार कर लेता। वो अपनी कहानी की एक ऐसी नायिका थी, जिसे अपनी बर्बादी पर भी गर्व था।

आज कई दिनों बाद उसकी कॉल आई। मेरे द्वारा कॉल रिसीव करते ही उसने न तो "हाय" कहा और न ही "हेलो", सीधा पूछा कि क्या आगे की कहानी सुनाऊं?

मैंने भी कोई सवाल नहीं किया, सीधा बोल दिया, "जैसी आपकी इच्छा।"

उसने मुझे मानों परखते हुए यह जानने की कोशिश की कि मेरी कहानी में रुचि भी है या मैं यूं ही टाइम पास कर रहा हूँ, बोली, "अच्छा बताओ, हम उस दिन कहाँ थे?"

मैंने कहा, "आप तन-मन समर्पित कर चुकी थीं।"

हाँ, तो उस दिन मुझे लगा जैसे मेरी खोई हुई खुशियों की चाबी मिल गई। मैं अपनी इस खुशी को किसी के साथ शेयर करना चाहती थी। किन्तु मुझे समझ नहीं आ रहा था कि किससे शेयर की जाए! मैं अपने मन को अपने मन में न रख पा रही थी। मेरी भगवान से यही एक मनोकामना थी कि एक अच्छा जीवन साथी मिल जाए। अंचित के रूप में मुझे यह खुशी हासिल हो चुकी थी। एक ग्रामीण, सीधी-साधी लड़की के लिए इससे ज्यादा खुशी की क्या बात होगी कि उसका मनचाहा सपना खुद रेंगकर उसके कदमों में आए। अब मेरी नजर नायरा को तलाश कर रही थी। उस दिन मैं अपने मन की खुशी के इस आवेग को थाम नहीं पा रही थी।

रात भर नींद नहीं आई। अगली सुबह उठते ही उसने नायरा को कॉल किया। मैं जानती थी कि इस खुशी में कोई साथ नहीं देगा, लेकिन नायरा जरूर साथ देगी। वह मुझे गले भी लगाएगी, गालों पर हल्का चुम्बन भी देगी और मेरे भविष्य के लिए शुभकामनाएं भी देगी। नायरा ने फोन उठाते ही बिना किसी "हैलो-हाय" के पूछा, "आज सुबह-सुबह फोन क्या बात है, महारानी?"

"महारानी" सुनकर मेरी हंसी छूट गई। मैंने कहा, "महाराज, जो मिल गए।"

उस दिन नायरा को मैंने अपने और अंचित के गुजरे कल की सारी कहानी सुनाई, वह भी जो हुई और वह भी जो हो नहीं पाई। मेरे इस रिश्ते के

बारे में सुनकर नायरा खुश हो गई। वह भी चाहती थी कि मुझे प्यार और बहुत सारी खुशी मिले। वह जानती थी कि मैंने अभी तक जीवन में कितनी मेहनत की है ताकि कुछ बन सकूं। लेकिन फिर एक डर उसके दिल में समाया था कि जब तक हम जिंदगी को अच्छे से जीते हैं, हम किसी भी जिंदगी के बारे में फैसला नहीं लेते। कई बार खुशी के लिए जल्दबाज़ी से लिए गए फैसले बहुत गहरा दुःख दे सकते हैं।

आज सुबह कुछ अलग थी। मुझे आज पहली बार बुआ के सामने सुबह उठने पर सिरदर्द या पेट दर्द का बहाना नहीं बनाना पड़ा। मैंने आज बेमन से नाश्ता नहीं किया, बल्कि बुआ के पीछे-पीछे रसोई तक गई ताकि मैं उसकी कुछ मदद कर सकूं। बुआ को मेरा यह व्यवहार अजीब लगा और उसने पूछा, "आज क्या हुआ, चेतना? तुम बहुत खुश दिख रही हो।"

मैंने कहा, "कुछ नहीं बुआ, मैं सोच रही थी कि मैं आज तुम्हारी कुछ मदद कर दूँ।"

बुआ ने हंसते हुए कहा, "ठीक है, अगर तुम मेरी मदद करना चाहती हो तो जाकर नहा लो और ये कपड़े वाशिंग मशीन में डाल दो, फिर मुझे कपड़े धोकर बाकी काम करना है।"

मैं आज बाथरूम में चली गई थी और वह खुद को बाथरूम में लगे आईने में निहार रही थी। आज मुझे नहाने के लिए कोई विशेष तैयारी की आवश्यकता नहीं थी। मैं आज अपने हर एक अंग को गीली मिट्टी के घरोंदे की तरह नाजुक स्पर्श से दबा कर देख रही थी, मानों जैसे आज मैं अपनी भावनाओं को उस चार बाई चार के बंद स्थान से आज़ाद करने का आदेश सुन रही थी!

उस दिन मैं हर रोज़ से अधिक निखरी और तरोताजा लग रही थी। मेरे बाल हर रोज़ से अधिक व्यवस्थित थे और चेहरे पर लुकाछिपी मेकअप भी नजर आ रहा था। हालाँकि, यह बात सिर्फ मैं जानती थी कि मैंने चुपके से

बुआ का मेकअप का वो सभी सामान उपयोग किया था जो बुआ विशेष रूप से फूफा जी के लिए उपयोग करती थी।

मैंने नायरा को व्हाट्सएप किया और उसे शाहदरा मेट्रो स्टेशन पर मिलने को लिखा कि जो पहले आएगी, वह दूसरी का इंतजार करेगी। खैर, नायरा ही मेरा इंतजार करती मिल गई। मैंने चलते-चलते नायरा को खुशी से गले लगाया। पर नायरा ने मुझे आज कुछ अजीब तरीके से देखा और कहा, "आज तो कयामत ढहा रही हो।" इस तारीफ से खुश होकर मैंने उसे एक बनावटी घूंसा दिखाया।

मेट्रो स्टेशन से निकलते ही नायरा ने पूछा, "तुम्हारे और अंचित के बीच क्या चल रहा है?"

"असल में कुछ नहीं! उसने साथ-साथ चलने का वादा किया है और मैंने कुछ सपने देखे हैं।"

"कहाँ तक चलने का वादा?"

"मतलब! मैं समझी नहीं, उसके प्रश्न से मुझे अपनी कल्पनाओं में दखल सा महसूस हुआ।"

नायरा ने कहा, "मेरा मतलब कहाँ तक साथ देने का वादा, बिस्तर तक या फिर जीवन भर?" देखो चेतना, यह कलयुग का प्यार है जो अब संग मरने का नहीं, संग सोने तक का रह गया है। प्यार में आजकल दिल कम पलंग ज्यादा टूट रहे हैं। शुरू में प्यार तीज-त्योहार जैसा लगता है, पर जब किसी से हो जाता है, तो तब बाद में कई बार पछतावा सा लगता है।

मैं तिलमिला गई, "तू हर बात को नेगेटिव ही क्यों लेती है! जीवन में और भी कुछ होता है, हम उम्मीदों के साथ आगे बढ़ते हैं, भरोसा पाते हैं। उन उम्मीदों के साथ जिंदा रहते हैं।

सुनो नायरा, जब हमारे पास कुछ नहीं होता, तब भी उम्मीदें हमारे साथ खड़ी रहती हैं, कुछ इस विश्वास के साथ कि अभी मैं हूँ और तू इस बात को मुझसे बेहतर समझती है क्योंकि तू भी इन्हीं उम्मीदों के सहारे खड़ी है।"

नायरा जितना मेरी बातों को सुन रही थी, उसे लग रहा था जैसे मेरी जिंदगी मेरे हाथों से फिसलती जा रही हो। उसका चेहरा ऐसा था मानो कुछ जोड़ रहा हो, लेकिन उसके हाथ जैसे कुछ तोड़ रहे हों। उसका एक पैर दौड़कर मेरे पास आना चाहता था, लेकिन दूसरा पैर जैसे जमीन पर गड़ गया हो। उसका दिल कह रहा था, "ये मेरे भटकने की शुरुआत है," लेकिन दिमाग कह रहा था, "नहीं, ये मेरा भटकने का अंत है।" यह उसकी ऐसी बेबसी थी जिसे वो चाहकर भी दबा और उघाड़ नहीं पा रही थी। यह बात उसने मुझे बाद में बताई।

उसकी बात सुनते मैंने बीच में ही चेतना को टोकते हुए पूछ लिया, "फिर... एक तो मैं आगे जानना चाह रहा था, और दूसरा, मैं उसे इस एक शब्द को 'फिर' से अहसास कराना चाहता था कि मैं कहानी को बहुत गंभीरता से सुन रहा हूँ।"

फिर क्या, नायरा उस दिन चली गई, और मैं एक किताब खोलकर अंचित का इंतजार करने लगी। लेकिन मेरी नजर किताब पर कम, सड़क पर ज्यादा थी। मेरे इंतजार में एक अजीब बेसब्री थी, या कहो एक बेचैनी जो मुझे कभी उलझा देती, कभी सुलझा देती। मैं कल्पनाओं के सागर में गोता खाकर एक अथाह गहराई में जा रही थी। मानों मुझे उसे तल से एक बेहद कीमती मोती चुनकर लाना हो।

इंतजार की घड़ियाँ खत्म हुईं, अंचित ने पीछे से आकर मेरे कंधे पर हाथ रखा। इससे पहले कि मैं पलटकर देखती, वह मेरे सामने खड़ा हो गया। मेरा दिल कई गुना रफ्तार से धड़कने लगा।

"कितनी देर से बैठी हो?" उसने मेरे करीब बैठते हुए पूछा।

"ज्यादा नहीं, बस कोई आधा घंटा पहले आई थी।"

"ओह, सॉरी, ट्रैफिक जाम में फंसकर मैं आज लेट हो गया।"

"कोई बात नहीं, अब आ तो गए।" मेरा यह जवाब आज एक प्रेमिका के बजाय एक पत्नी की तरह था, क्योंकि अब अंचित को मन ही मन पति मान चुकी थी। लेकिन मैं उसके मुंह से सुनना चाहती थी कि वो अब मुझे पत्नी की तरह देखता है।

अचानक अंचित ने मेरे कंधे पर हाथ रखते हुए पूछा, "तो तुमने क्या सोचा?"

"कल से मैंने अपना एक नया संसार बनाया है और मैं चाहती हूँ कि उस संसार की कमान तुम्हारे हाथों में हो। देखो अंचित, जब मैं छोटी थी, हमेशा अपनी कल्पनाओं के एक संसार का निर्माण करती थी जो सिर्फ मेरे लिए होता था, जिसका पत्ता भी मेरी इजाजत से हिलता था। जिसकी हवाएं मेरे अनुकूल चलती थीं, जिसमें सिर्फ मेरे सपनों का सूरज उगता था, जिसके चाँद सितारे मेरी ख्वाहिशों के मुताबिक होते थे। शायद यह मेरी कल्पना थी जो मुझे बेहद आदर्श लगती थी। मेरी क्या, हर लड़की की यही होती है जब मैं बड़ी हुई? मुझे लगा कि वह सिर्फ मेरा वहम था और असल जीवन में ऐसा कुछ नहीं होता। जब तक तुम मुझे नहीं मिले थे, शायद मैं गलत थी, लेकिन जब से तुम मिले, मुझे लगा कि मेरी कल्पनाएं यथार्थ हुई।" इतना कहकर मैंने उसका हाथ पकड़ते हुए पूछा, "अंचित, क्या तुम मेरे इन सपनों के रथ के सारथी बनोगे?"

क्यों नहीं, चेतना, मैं तैयार हूँ, बस तुम हाँ तो कहो।

मैं चुप रही, अचानक अंचित ने मेरा हाथ अपने हाथ में लेकर कहा, "तुम विश्वास करो, मैं हमेशा इसी तरह तुम्हारे सपनों को पूरा करूंगा।"

मुझे विश्वास है, मैंने भी अपना दूसरा हाथ अंचित के हाथ पर रख दिया।

हम दोनों खामोश थे, आज अचानक सपनों को सपनों का, भावनाओं को भावनाओं का साथी मिल गया था। हमारा प्रेम अब आकाश से उतरकर जमीन पर अपने पैर फैलाने लगा।

मैं शाम को घर पहुंची और सीधे बिस्तर पर लेट गई। बुआ ने खाना पूछा, लेकिन मैंने मना कर दिया और बोल दिया कि सहेली का जन्मदिन था और उसने छोटी सी पार्टी रखी थी, मैं वहीं से सीधे घर आ रही हूँ। इतना सुनकर बुआ अपने कमरे में चली गई।

अचानक मेरे फोन की रिंग बज उठी, और जब मैंने देखा तो नायरा का मैसेज था।

मैंने मैसेज ओपन किया तो लिखा था- "चेतना, तुम्हें जो आज खुशी मिली है, उसके लिए बधाई। तुम प्यार के बारे में अच्छे से समझती हो। प्यार दुनिया में एक प्रतिबंधित पुस्तक की तरह है। सभी पढ़ते हैं, लेकिन चोरी-छिपे। ठीक इसी तरह जवानी का प्यार है, करते सब हैं लेकिन चोरी-छिपे। शायद इस समय मेरी दी हुई कोई भी सलाह तुम्हें पसंद न आए, पर मेरी एक सलाह मान लेना कि विश्वास और वर्जिनिटी एक बार टूट जाएं तो दुबारा हासिल नहीं होती। हमने हमेशा एक-दूसरे का साथ दिया है और कई मौकों पर मार्गदर्शन भी किया है। हमने एक-दूसरे को सुना, समझा और बहुत करीब से जाना भी है। मेरे बीते हुए कल से तुम अच्छी वाकिफ हो, और उसी तरह मैंने भी तुम्हारे बारे में अच्छे से जाना है, यहाँ तक कि कई बार विपरीत परिस्थितियों में हमने एक-दूसरे के कंधे पर सिर रखकर मन भी हल्का किया है।

जो मुश्किलें हमने साथ झेली हैं, हमने उन्हें एक-दूसरे के साथ साझा किया है, शायद यही हमारे बीच जुड़ाव का कारण रहा है। तुम पहली लड़की हो जिसने मुझे मेरे इसी स्वभाव के साथ पसंद किया है, पसंद ही नहीं किया, बल्कि मुझे अपनी दोस्ती के काबिल भी समझा है।

मुझे याद है, एक बार मैंने तुमसे कुछ रुपये उधार लिए थे, जो मैं अभी तक नहीं लौटा पाई हूँ, लेकिन तुमने हमेशा ऐसा व्यवहार किया है जैसे तुम्हें याद ही नहीं हो। मैं यह भी जानती हूँ कि तुम्हें जीवन में सब कुछ मिल जाए, लेकिन फिर भी मैं इस दोस्ती को हमेशा इसी रूप में बरकरार रखूँगी। और मैं भी हमेशा इस दोस्ती के रिश्ते को उतना ही संभालकर अपने पास रखूँगी।

तुम वास्तव में चमकती रोशनी की तरह हो। मुझे खुशी है कि तुम्हें तुम्हारा मनचाहा प्यार मिला, लेकिन चेतना, प्यार पाना और मिलना दोनों अलग-अलग चीजें होती हैं। अपने प्यार को अपना पहला और अंतिम प्यार समझकर गले से लगा लेना। मैंने सुना है कि जो आकर्षण में बहकर प्यार करते हैं, वो एक बार नहीं, कई बार प्यार कर बैठते हैं।

नायरा ने आगे लिखा था कि रोमांटिक प्यार का एक दूसरा पहलू है आकर्षण। विज्ञान की भाषा में यह न्यूरोट्रांसमीटर से प्रभावित होता है, जिसे डोपामाइन कहते हैं। यह हमारे मस्तिष्क में रिलीज होने वाला जैविक रसायन है, जो हमें किसी फायदे को हासिल करने के लिए उकसाता है। लेकिन डोपामाइन हमें बार-बार एक ही काम करने के लिए उकसाता रहता है। यानी उस व्यवहार को दोहराने के लिए प्रेरित करता है। यही वजह है कि बेइंतहा आकर्षण जैसा अहसास किसी मनुष्य के प्रति एक लत की तरह है। कुछ लोग इसमें ऐसे फंस जाते हैं और हमेशा डोपामाइन से प्रेरित किसी नए रिश्ते के रोमांच की तलाश में रहते हैं। फिर भी मुझे उम्मीद है कि तुम अपना एक कंधा हमेशा मेरे लिए इसी तरह रखोगी, ताकि जब मुझे जरूरत हो, मैं अपना मन हल्का कर सकूं। कृपया मेरी कोई बात दिल पर मत लेना।

नायरा का इतना लंबा चौड़ा मैसेज पढ़कर मुझे गुस्सा भी आ रहा था और उस पर तरस भी। मुझे लगा वह मेरे प्यार से चिढ़ गई है कि उसे अंचित जैसा लड़का क्यों नहीं मिला। शायद वह मेरी खुशी बर्दाश्त नहीं कर पा रही है, इसलिए ऐसा कह रही है। मैं उसे कुछ जवाब देती, इससे पहले मेरे फोन की बैटरी खत्म हो गई।

मैंने फोन को चार्जिंग पर लगाते हुए नायरा को तेजी से रिप्लाई किया। "तुम्हारी कोई भी बात मुझे दिल पर नहीं लेनी आती, सीधा एक कान से लेकर दूसरे से बाहर फेंक देती हूँ।" और एक स्माइली फेस के साथ मैसेज भेज दिया।

फोन एक प्रतिशत ही चार्ज हुआ होगा कि अचानक अंचित की कॉल आ गई। थोड़ी देर बात करने के बाद उसने पूछा, "चेतना, क्या हम कभी दोस्त से और प्यार से ज्यादा कुछ नहीं हो सकते?"

इससे ज्यादा क्या होता है, अंचित? पर मेरे इस सवाल के साथ-साथ मेरे मन में न जाने अनंतकाल के लिए एक संगीत सा बज उठा।

"मेरा" मतलब पति-पत्नी है।

क्या शादी के बाद हमारे बीच दोस्ती और प्यार का रिश्ता खत्म हो जाएगा?

नहीं, मेरा वह मतलब नहीं है। मैं यह पूछना चाहता हूँ कि तुम मुझसे शादी कब कर रही हो?

मैंने कहा, "जल्दी ही करूंगी। बस मैं मौका पाकर बुआ से बात करती हूँ, शायद वह पापा और मम्मी को मना लेगी। तुम तो जानते हो कि दुनिया कितनी आधुनिक हो गई है, लेकिन हम जिस समाज में रहते हैं, वहां रूढ़िवादिता को अभी भी संस्कृति और धर्म का हिस्सा माना जाता है। मेरी जिद थी पढ़ने की, मुझे पढ़ाया-लिखाया। अगर आज मैं उनसे सबसे ऊपर होकर यह फैसला खुद लूं, तो शायद वह एक विश्वासघात के समान होगा।" आज अंचित के सामने मैं अपनी सारी उलझनों को मिटा देना चाहती थी। मैं खुद तो इस समय उड़कर अंचित के पास नहीं जा सकती थी, किंतु अपने शब्दों को बेपरवाही से सिमट जाना चाहती थी।

वो बोल रही थी, मैं सुन रहा था। मेरे मन में प्यार, रिश्ते, दोस्ती इन सबका गुणनखंड चल रहा था। शायद हम किताबों से जीवन सीखते हैं। हम

हर एक उस चीज़ के बारे में अच्छी कल्पना करते हैं जो हमें अच्छा लगता है और बुरी कल्पना करते हैं जो हमें बुरा लगता है।

अचानक चेतना ने दो बार "हेलो-हेलो" किया। मुझे याद आया, हाँ मैं उसकी कहानी सुन रहा हूँ... उसने पूछा, "क्या आप सुन रहे हैं?"

मैंने कहा, "हाँ, मैं सुन रहा हूँ, बताओ आगे क्या हुआ?"

मेरे इस प्रश्न से चेतना ने एक लंबी साँस ली। क्या बताऊँ, बस दिन बैटरी और नेटवर्क कम थे और मेरी कॉल डिस्कनेक्ट हो गई थी, इसलिए मैंने अंचित को फिर से फ़ोन नहीं किया।

शायद मैं उसे अपने प्यार में कमजोर दिखाना नहीं चाहती थी। यह जीवन का सबसे महत्वपूर्ण सबक था कि हमें खुद से प्यार करना और खुद को स्वीकार करना चाहिए। लेकिन फिर भी, मैं अंचित को लेकर सीरियस थी, क्योंकि मैं इस रिश्ते को पूरी ईमानदारी से निभाना चाहती थी। इसलिए मैंने फेसबुक पर फ्रेंड एड का ऑप्शन छिपा दिया था। फिर भी, मैं समझती थी कि प्यार दुनिया की सबसे महंगी चीज़ नहीं है, न इतनी सस्ती कि हर मोड़ पर मिल जाए।

अगली सुबह बिलकुल बदली-बदली सी थी। आसमान में घटा छाई थी और इक्का-दुक्का बूंदें भी बादलों के आगोश से निकलकर जमीन पर टपक रही थीं। मेरे मन में इस सुबह के लिए कोई नया भाव नहीं था, बल्कि मैं अभी भी रात की बातों में उलझी हुई थी। मेरे मस्तिष्क में बार-बार अंचित का वह सवाल गूंज रहा था कि "चेतना, तुम मुझसे शादी कब कर रही हो?"

उस दिन मैं जीवन के एक ऐसे मोड़ पर खड़ी थी जहां से मुझे अपने लिए नया रास्ता चुनना था। एक तरफ संस्कृति, संस्कार, और घरवाले दिखाई दे रहे थे, और दूसरी ओर अंचित की चाहत और उमंगें एक नए रिश्ते के किवाड़ खोले खड़े थे। ऐसी परिस्थितियों में लगभग हर किसी को दो-चार

होना पड़ता है, लेकिन मेरे सामने अभी सबसे बड़ी समस्या यह थी कि मैं बुआ के सामने अपनी बात कैसे रखूं?

मैंने किचन में जाकर चाय बनाई और बुआ के कमरे का दरवाजा खटकाया। बुआ ने आधी-खुली पलकों से दरवाजे की ओर देखकर बिस्तर पर करवट बदलते हुए कहा, "दरवाजा खुला है।"

मेरे हाथ में इस समय चाय का कप देखकर उसकी नींद अचानक गायब हो गई। मैंने मुस्काते हुए बुआ के मन में उठे सवाल को यह कहकर दफ़न कर दिया, "बाहर देखो, मौसम कितना अच्छा है। मैं आज जल्दी जाग गई, सोचा तुम्हारे लिए चाय बना दूँ।"

बुआ कुछ बोलना चाह रही थी, पर मैं बीच में बात काटते हुए कहा, "अगर-मगर कुछ नहीं, बुआ जल्दी से चाय पीओ।" बुआ के सवाल लिए होठों से मैंने कप के कोने से सटा दिए और उसके कंधों पर सिर रख लिया। बुआ ने भी अपने सिर से मेरे सिर पर हल्का स्पर्श कर स्नेह का आभास कराया। जैसे मुझे इसी स्नेहमयी पल का इंतजार था, मैंने धीरे से बुआ के कान में कहा- "बुआ, आज तुमसे कुछ मांगना है।"

"मेरे पास क्या है, बेटी? सिर्फ एक आशीर्वाद जो मैं तुझे तेरी शादी के लिए जरूर दूंगी," बुआ ने कहा।

"बस समझो, वही मांग रही हूँ मैं," मेरे शब्दों में एक रिश्ते के सहारे दूसरे रिश्ते तक जाने के लिए आज शब्दों की एक मजबूत पकड़ थी, पर बुआ को अभी वह पकड़ मुलायम लग रही थी।

"बुआ, क्लास में एक लड़का है, बहुत अच्छा है, मैं उससे शादी करना चाहती हूँ।" एक सांस में मैंने बिना कोई बड़ी भूमिका बांधे अपनी बात रख दी।

बुआ खड़ी हो गई और बालकनी की ओर बढ़ गई, मैं भी उसके पीछे-पीछे जवाब सुनने के लिए जाकर उसके पीछे खड़ी हो गई।

बुआ ने एक लंबी साँस लेकर कहा, "लड़के तो सभी अच्छे होते हैं, लेकिन पति बनने के बाद वे लड़के नहीं रहते, पति बन जाते हैं। जब वे पति और हम पत्नी बनते हैं, तब जीवन का अगला चक्र शुरू होता है, जिसमें सब कुछ बदल जाता है। हम औरतें शादी से पहले अपनी प्रतिक्रिया देने में स्वतंत्र होती हैं, इसका एक अलग महत्व भी है, लेकिन शादी के बाद यह आज़ादी भी हमारी छीन ली जाती है। हमें अपनी प्रतिक्रिया भी एक बार मन में दोहरानी पड़ती है, कहीं इसका रिएक्शन उल्टा न हो और रिश्ता खराब न हो जाए।"

मैं जीवन के इस दर्शन से अभी अनभिज्ञ थी, बात लाख टके की थी, पर मुझे इस समय यह सब एकदम बकवास लग रहा था। मैंने कम से कम एक हाँ या ना में जवाब माँगा था, इस फिलॉसफी का घूंट पीने के लिए। मैं कतई तैयार नहीं थी।

मैंने बुआ के सामने खड़ी होकर अपना सवाल फिर उसी अंदाज में पूछा, "क्या बुआ, यह शादी नहीं हो सकती?"

बुआ बोली, "मैंने कब मना किया! मैं तो अपने जवाब से पहले सिर्फ तुम्हें समझा रही थी कि तुम्हारे अहसास अभी बहुत कोमल हैं। अभी समय से पहले इन्हें किसी की बाँहों में मत सौंपो, कोई इन्हें पीसकर रख देगा। तुम कामयाबी की देहरी पर खड़ी हो, बस समझा सकती हूँ कि पहले अपनी पढ़ाई पूरी करो। हाँ, यदि तुम्हें ज्यादा जल्दी हो तो अपने माता-पिता से पूछ लेना, यदि वे तैयार होंगे तो मुझे कोई एतराज नहीं।"

मैं वापस अपने कमरे में आ गई। अब मैं खुद को बहुत उलझा हुआ महसूस कर रही थी। एक पतंग की तरह जिसका मांझा किसी और के हाथों में हो और वह दूर गगन में उड़ना चाह रही हो, अपनी ख्वाहिशों का अपने हिस्से का आसमान छूना चाह रही थी। मैं वापस बालकनी में आकर खड़ी हो गई।

जीवन कशमकश में बीत रहा था कि अब क्या होगा। पग-पग पर चुनौतियाँ थीं, प्रश्नों की नुकीली नोकें थीं। शालीनता और अश्लीलता की चाबुकें थीं। संस्कार और संस्कृति के कठघरे थे। भाषा की अनावृत्ति का सवाल था। एक आत्मसंघर्ष जो निरंतर मेरे मन में चल रहा था कि मैं किस तरह घर पर बात करूं क्योंकि मैं एक लड़की थी और मेरी लक्ष्मण रेखाएँ थीं। सभ्यताओं के अनुशासन में बंधी थी। कारण, यदि आप लड़की हो, तो जरा भी आपको अपने परिवार से लगाव है, तो जीवन के विधान दूसरे होते हैं, जीने की शर्तें अलग होती हैं। हाँ, स्वतंत्रता बहुत थी, पर इस स्वतंत्रता पर प्रथम अधिकार परिवार का था।

हाँ, मैं एक बात आपको बताना भूल गई थी, मेरे और अंचित के बारे में बुआ की गली में यह बात फैल चुकी थी। बातों-बातों में बुआ ने भी पापा को बता दिया था। कुल मिलाकर मेरे घर में यह बात पता चल गई थी कि मेरे और अंचित के बारे में कुछ चल रहा है।

मुझे अब याद आया कि क्यों न मैं अपनी बहन से बात करूं। ऐसा सोचकर मैंने अपने और अंचित के बारे में सारी बातें उसे बताई। उन दिनों मेरी बहन की भी शादी की बात चल रही थी। उसका रिश्ता पक्का हो चुका था, बस शादी की तारीख फिक्स नहीं हुई थी।

पहले तो सुनकर वह थोड़ी आश्चर्य में पड़ गई, फिर उसने मुझसे कहा, "मैं पापा से बात करती हूँ और तू तब तक कोई ऐसा काम मत करना जो मेरे रिश्ते पर आंच लाए।"

ये शब्द मेरे लिए ऐसे थे जैसे जीवन में खुशियों की सारी नदियों ने मिलकर मन में संगम बना लिया हो। पापा दिल्ली आए, दोनों परिवारों की सहमति के बाद ही बात तय हो गई। जानती हूँ उस समय मेरे अंदर बचपना था। लेकिन अंदर से तो मैं भी एक नारी थी और एक नारी का मन एक नारी से बेहतर कौन समझ सकता है। जब-जब मैं यह बात कहती हूँ, तब-तब मुझे अपनी हाँ-हाँ में मिलाती कोई मिले न मिले, पर हजारों साल पहले महाभारत

में कीचक वध के समय राजा विराट की रानी सुदेष्णा जरूर मिल जाती है, जब वह द्रोपदी की पीड़ा समझते हुए राजा विराट से कहती है कि जो हुआ सही हुआ, एक नारी का मन एक नारी ही समझ सकती है।

घर में शादी की तैयारी शुरू हो चुकी थी। आज मुझे उसकी कहानी सुनते-सुनते काफी समय बीत चुका था। वह इस कहानी का एक-एक हिस्सा मानो उसके मन की किताब में सब कुछ लिखा हो और रट्टा लगा रही हो।

कभी-कभी लगता है क्या कहानी ऐसे ही है या फिर मैं किसी अज्ञात भ्रमजाल में उलझ रहा हूँ। अगर उलझ गया तो क्या इससे निकल पाऊँगा या इसमें डूबकर हमेशा के लिए बह जाऊँगा?

अब वह बोलते-बोलते रुक गई। उसने धीरे से कहा, "शायद आप थक गए हैं?"

मैंने कहा, "नहीं, मैं सिर्फ सोच रहा हूँ।"

उसने कहा, "ठीक है, आप सोचिए। मैं भी अपना कुछ काम कर लूंगी, बाकी किस्सा फिर किसी दिन सुनाऊंगी।" इतना कहकर उसने कॉल को डिस्कनेक्ट कर दिया।

(8)

"मैं" इस कहानी में पूरी तरह से डूब चुका था, प्यार और विश्वास को समझने की कोशिश कर रहा था। हालांकि, अभी तक सब कुछ सही था। मुझे बचपन में वीसीआर पर देखी गई फिल्म "औरत तेरी यही कहानी" याद आ रही थी। मेरे अंदर का नारीवाद हिलोरे मारने लगा। सच कहूं तो इस समय मेरा मन कई टुकड़ों में विभाजित हो गया था। एक हिस्सा अंचित के साथ खड़ा था, और एक हिस्सा चेतना के साथ, लेकिन बाकी टुकड़े बार-बार मेरे मन से टकरा रहे थे।

गहरी रात हो चली थी। करवट बदल-बदल कर देख रहा था, शायद नींद आँखों में उतर जाए, लेकिन कुछ अजीब सा लग रहा था। मानो नींद कहीं आसमान में फंस गई हो और धरती का गुरुत्वाकर्षण उसे नीचे खींचने में असमर्थ हो रहा हो। मैं अकेला था, लेकिन फिर भी ऐसा लग रहा था कि अकेलापन मुझसे कोसों दूर है। इस तरह सोचते-सोचते काफी समय बीत गया, और फिर मुझे पता नहीं चला कि कब मेरी आँखें अपनी मुट्ठी में नींद को ले आईं और अगले दिन सुबह देर से मेरी आँखें खुली।

आज सब कुछ अजीब सा लग रहा है। आज पहली बार उसका एक मैसेज व्हाट्सएप पर मिला था। उसने लिखा था, "गुड मॉर्निंग?"

मैंने एक स्माइली कैरेक्टर भेजा और दूसरे मैसेज में लिखा, "अभी उठा हूँ, शाम को बात करता हूँ, वरना ऑफिस जाने में लेट हो जाऊंगा।"

उसने इसके जवाब में सिर्फ एक स्माइली कैरेक्टर भेजा।

इस कहानी में कई चीजें एक साथ हैं। जहाँ चेतना के साथ उसका अतीत है, बल्कि यह कहें, दुखद अतीत है। वहाँ मेरे साथ एक कहानी, एक विश्वास और एक भ्रम भी है जो दिन में कई बार टूटता है और कई बार जुड़ता है।

शाम हो चुकी थी। मुझे पूरा भरोसा था कि आज उसका फोन आएगा। अभी रात के दस बज चुके थे, लेकिन आज उसका फोन नहीं आया। अब इसे विश्वास का टूटना कहूँ या भ्रम का टूटना, पर आज अंदर ही अंदर कुछ टूटा जरूर था। मैं फोन साइड में रखकर सोने ही वाला था कि अचानक उसका फोन आ गया। मैंने फटाक से फोन उठाया। बिना किसी हेलो-हाय के पूछा, "आज आपने फोन ही नहीं किया?"

"हाँ, मैं कहीं गई थी, सो लेट हो गई थी," उसने कहा।

"मैंने," कहा, "ठीक है, अब बताओ क्या हुआ था?"

"आज मेरा कुछ बताने का मन नहीं है," उसने कहा, "मैं दुखी नहीं होना चाहती हूँ।" यह कहकर वह बहुत जोर से हंस दी और हंसते हुए चली गई, उसकी हंसी में एक अजीब सा पागलपन था।

"मैंने" कई बार पूछा, "क्या हुआ?" लेकिन उसकी हंसी के अलावा मेरे कानों को कुछ और सुनाई नहीं दिया। इसके बाद उसने कहा, "तुम्हें पता है, एक बार क्या हुआ?"

"नहीं पता!" मैंने कहा।

"हाँ, तुम्हें क्या पता होगा? तुम कौन सा वहाँ थे, पर मैं तुम्हें बता नहीं सकती। बात ही ऐसी है, फिर किसी दिन बताऊंगी।"

"मैंने" कहा, ठीक है।

अब चेतना ने गहरी साँस ली, जैसे वह चाह रही हो कि मैं दो-चार बार उससे बोलूं कि नहीं बताओ, पर इससे आगे ना मैंने कुछ पूछा ना ही उसने कुछ बताया। लेकिन अगले ही पल में फिर अपनी बीती ज़िंदगी पर आ गई।

अच्छा बताओ, उस दिन हम कहाँ थे?

"मैंने" कहा, आपकी शादी तय हो गई थी।

हाँ, मेरी ही नहीं, मेरे साथ मेरी बहन की भी शादी तय हो गई थी। एक दिन दोनों बहन दुल्हन बनीं। मानों आज दोनों में श्रंगार करने की प्रतियोगिता हो। एक कुर्सी पर बैठी अपने हाथों में लगी मेहंदी को निहार रही थी। मुझे उसमें अंचित का अक्स नजर आ रहा था, पर बीच-बीच में मेरे अंदर एक दुःख का ज्वार भी आता था, जो मुझे कहता था कि चेतना, आज तेरा सब कुछ छूट रहा है। तभी रिश्ते की एक चाची ने आकर बताया, "तेरा दूल्हा बारात लेकर आ गया, तू अभी तक ऐसे ही बैठी है।"

मेरा मन एकदम धक से डोल गया, एक मन हुआ अंदर जाऊं, दूसरे मन ने कहा, "देख तो ले बार, अंचित दूल्हा बनकर कैसा जच रहा है।" अडोस-पड़ोस की लड़कियां छत पर थीं, जो इशारे से एक-दूसरे को बता रही थीं, "देख, वो है चेतना का घर वाला।"

मैंने भी बालकनी से चुपके से अंचित को देखा। वास्तव में, उसे देखकर मैं भाग्य पर इतरा उठी और दौड़कर अंदर चली गई। मानो मेरी खुशी मेरी झोली में नहीं समा रही थी, इसलिए मैंने नायरा को कसकर बांहों में जकड़कर पूछा, "तूने अंचित को देखा है?"

उसने अनमने से भाव से कहा, "हाँ, कॉलेज में बहुत बार देखा है।" मैंने उतावले मन से पूछा, "कॉलेज में नहीं, आज देखा है?"

अच्छा, बारात आ गई यह कहकर नायरा बालकनी की ओर तेज कदमों से दौड़ पड़ी। मेरी मामी, मौसी और रिश्तेदारी की कई औरतें मेरे पास आ गईं, जो मुझसे कह रही थीं कि कुछ खा लो, फिर रात तक कुछ नहीं मिलेगा। मुझे पता नहीं था कि यह मेरी भूख की चिंता थी या उनका अनुभव। थोड़ी देर बाद, नायरा जरूर इशारा करके चली गई, जैसे मुझे कह रही हो कि वह एकदम टिप-टॉप है।

थोड़ी देर बाद अब मैं अंचित के साथ सात फेरों और सात वचनों में बंधकर अपने घर से विदा हो रही थी। पापा के चेहरे पर एक बेटी की इज्जत से विदाई की खुशी और अपनी लाड़ली बेटी के जाने का मिश्रित ग़म साफ

दिख रहा था। हम दोनों बहनें एक-दूसरे से ऐसे लिपट गईं जैसे फौज के दो जवान एक साथ अलग मोर्चे पर युद्ध लड़ने जा रहे हों।

मैं पापा के पास गई। पापा ने मेरे सिर पर हाथ रखते हुए कहा, "बेटी, हमेशा इस परिवार का मान रखना। आज से इस परिवार को अपना समझना। रोज मिलने आना चाहे, पर कभी लड़ाई-झगड़ा करके मत आना।" मेरी आँखों से आंसू थमने का नाम नहीं ले रहे थे। मैंने पापा के गले लगकर सिर्फ इतना कहा, "पापा, आप भी अपना ध्यान रखना।"

मेरे कदम जीवन के दूसरे पड़ाव की ओर बढ़ चले थे। मेरे पैरों के साथ मानो मेरे घर की रौनक भी मेरे पीछे-पीछे चल रही थी। जो लड़की आज तक जींस-टॉप पहनकर कुलाचें मारती रही हो, आज वह लहंगा पहनकर एक लड़की की तरह चलने की कोशिश कर रही थी। मेरे आगे-आगे अंचित था, मैं उसके पीछे शायद यही संस्कारों की घुट्टी पिलाई जाती है कि पति ही परमेश्वर होता है, हमेशा उसी के पीछे चलो। इसी घुट्टी को पीकर मैं आगे बढ़ी, आगे का रास्ता मुझे मालूम नहीं था। हाँ, जो पीछे छोड़ा उसकी यादें और वो कसक मेरे मन में थीं।

शादी में आए रिश्तेदारों के जाने के बाद शामियाने के नीचे सोफे अब ज़रा बेतरतीबी से पड़े थे। मेरा घर आज खाली हो चुका था। पुराना घर भाई के हवाले छोड़कर हम दोनों बहनें अपने घर से अपने नए घर के लिए रवाना हुईं। समय का चक्र उसी तरह घूम रहा था, मैं दिल्ली आने के लिए गाड़ी में खामोश बैठी थी, मेरे मन के परिंदे मानो चाँद के चक्कर काट रहे थे।

लगभग रात भर का सफर था। गाड़ी सुबह पराया कहो या मेरे नए घर के सामने रुक चुकी थी। गाड़ी की खिड़की खुली, मेरी जेठानी आई और मुझे उतरने के लिए कहा। साथ ही, मेरे कान में फुसफुसाया कि धीरे-धीरे चलना। अब यह तेरी बुआ का घर नहीं, तेरा है। शायद यह मेरे लिए पहला अनुशासन था या जीवन की मर्यादा का वो दायरा जिसमें रहकर अब मुझे जीवन की नई पारी शुरू करनी थी। यहीं से मेरी जिंदगी का दूसरा चक्र शुरू

होने जा रहा था। लगभग दस दिन ससुराल में बिताने के बाद, मैं और अंचित भविष्य की सुंदर योजनाओं के साथ हनीमून के लिए कश्मीर पहुँच गए थे।

मैं कमरे की बालकनी से खड़ी बर्फ से ढके पहाड़ों को निहार रही थी, तभी अचानक अंचित ने आकर मुझे अपनी बाहों में जकड़ लिया और मुझसे पूछा कि मैं क्या देख रही हूँ?

मैंने कहा, "सपने।"

उसने मुझे अपनी तरफ घुमा लिया और पूछा, "तुम्हारी जिंदगी से सबसे अहम क्या है?"

मैंने कहा, "मेरे सपने।"

अब मैंने उससे पूछा, "और तुम्हारे?"

उसने मेरे माथे को चूमते हुए कहा, "तुम।"

मुझे यह सुनकर बहुत अच्छा लगा। फिर मैंने पूछ लिया, "क्या तुम मेरे अलावा किसी और के साथ रहना पसंद करोंगे?"

उसने कहा, "तेरे अलावा कहीं नहीं।"

मैंने पूछा, "क्या तुम मुझे कभी छोड़ तो नहीं दोंगे?"

उसने कहा, "कभी नहीं।"

यह सब मेरे लिए बहुत सुकूनदायक बातें थीं।

अब अंचित ने मुझसे पूछा, "तुम्हारी आस्था किसमें है?"

मैंने कहा, "मेरी आस्था भगवान में है," और साथ ही अंचित से पूछा, "और तुम्हारी?"

अंचित ने मेरी आँखों में झांककर कहा, "तुम मेरी जिंदगी की रौशनी हो। तुम्हारे बिना मेरा जीवन अधूरा है। मैं तुम्हें कभी खोना नहीं चाहूँगा। तुम मेरी दुनिया हो।

क्या यह आस्था हमेशा ऐसे ही बनी रहेगी?"

उसने कहा, "हाँ," मेरी आखिरी साँस तक।

अब हम एक दूसरे में समा गए, मानो मेरा वजूद उसमें हो और उसका वजूद मुझमें।

अचानक आज फिर से चेतना की आवाज आना बंद हो गई, मुझे लगा शायद नेटवर्क का फॉल्ट है, मैं हेलो-हेलो कर रहा था। फिर मुझे उसके सिसकने की आवाज सुनाई देने लगी।

मैंने पूछा, "हेलो चेतना जी, क्या हुआ?"

"कुछ नहीं" सिसकियों में भीगा यह शब्द मेरे कानों तक पहुंचा।

"तो"... मैंने पूछा।

कितना झूठ होता है, ना सब कुछ। ये शब्द, ये वादे, सब एक समय के बाद खोखले हो जाते हैं। इंसान वासना के ज्वर में जकड़ा होता है तब कुछ कहता है, बाद में मुकर जाता है। एकांत में जो भी तन्मयता पति-पत्नी के बीच जन्म लेती, दिन के उजाले में उसकी गर्दन मरोड़ दी जाती। अच्छा, मैं बाद में फोन करूंगी और चेतना ने कॉल को डिस्कनेक्ट कर दिया।

(9)

चेतना ने यहाँ तक जो कुछ मुझे बताया उसमें वह एक मासूम लड़की थी, जिसने प्यार किया और अपने प्यार को हासिल किया। हालाँकि यहाँ तक जो उसने बताया, यह एकतरफा कहानी थी, जिसमें वह सिर्फ अपना घुलामिला पक्ष रख रही थी। अंचित का पक्ष क्या था, ये मैं नहीं जानता, लेकिन हनीमून की यादें उसके जेहन में आते ही वह क्यों रोने लगी थी, ये एक सवाल मेरे मन में जरूर उभर रहा था। कहीं ऐसा तो नहीं कि उसे आज कुछ खोने का ग़म हो, या फिर वह कुछ छिपा रही हो, जिसका ग़म वह सिर्फ अपने आँसुओं से बयां करती हो। बहरहाल, उस रात के बाद चेतना से मेरी बात नहीं हुई, न मैंने कोई मैसेज किया, न ही उसने। कॉल करने की मेरी आदत नहीं है, यह सोचकर कि पता नहीं सामने वाला इंसान इस वक्त कहाँ है, कैसे हाल में है।

चेतना से बात हुए करीब एक सप्ताह गुजर चुका था। सुबह कोई सात बजे है, मैं ऑफिस जा रहा था। आज अचानक चेतना के बारे में सोचते-सोचते इंसान के जीवन को लेकर सोचने लगा कि आखिर जीवन एक उद्देश्य है या जीवन एक बड़ा खजाना है। जीवन का मतलब सिर्फ हर खुशी का पीछा करना नहीं है। जीवन के हर पल को इसे महसूस करना भी होता है। हम हर पल खुशी का पीछा करते हुए कई जीवन खो देते हैं।

मेरा व्यक्तिगत मानना है कि जीवन एक लंबी यात्रा नहीं है, जो सिर्फ जन्म से शुरू होती है, न कि जीवन केवल उन वर्षों का नाम है जो हम पृथ्वी पर जीते हैं। जीवन का अर्थ यह भी हो सकता है कि हम बस जिंदा हैं, अभी हैं, जहाँ हैं, वहाँ हैं। हमें जीवन में अपना सर्वश्रेष्ठ करना चाहिए और फिर, जो होगा, उसके प्रति समर्पण करना चाहिए। कोई अगर सबसे बड़ा दुश्मन, चोर, बदमाश है, तो वह हमारा अपना मन है। यह हम पर विचारों की बौछार

करता है और हमारा जीवन चुराता है। हम पाते हैं पल-पल, हम अपनी इच्छा और लालसा के अनुसार जीवन खो देते हैं। यह हमारा मन है, जो हमें शमशान भूमि तक रुलाता है।

जीवन के इस दृष्टिकोण में, मेरी सोच इससे अधिक गहराई में डूब रही थी कि मेरे फोन की रिंग बजने लगी। देखा तो चेतना की कॉल थी। मेरे "हेलो" करते ही उसने पूछा, "आज फ्री हो?"

"मैंने" पूछा, "क्या कोई खास काम है?"

"हाँ, मैं दिल्ली आई हूँ, सोच रही हूँ आज आपसे मिलकर बात की जाए।"

मैंने पूछा, "कितने दिन दिल्ली रहोगी?"

"अभी एक महीना मानकर चलो, बुआ बीमार हैं, उन्होंने बुलाया है।"

मैंने थोड़ा दुःख सा जताते हुए पूछा, "आपकी योग क्लास का क्या होगा?"

कोई बात नहीं, वो तो मैं ऑनलाइन भी कर लूंगी।" इतना कहकर वो बोली, "बताओ, आज मिल सकते हो?"

मैंने पूछा, "बताओ कि कहां आना है?"

आप कुतुबमीनार आ सकते हो? दरअसल, मैंने कभी कुतुबमीनार नहीं देखी है। आज मुझे उसे देखने का मन है। अगर आप आ जाएंगे, तो हम दोनों साथ में घूमेंगे और आगे की कहानी भी बता दूंगी।

मैंने चेतना के प्रस्ताव पर सोचने में बस कुछ समय लगाया और ड्राइवर से गाड़ी को कुतुबमीनार की ओर लेकर चलने को बोल दिया। सच बताऊँ, मैं इससे पहले कभी कुतुबमीनार को इतने करीब से नहीं देखा था। सोचा, क्यों न आज मैं भी उस विवादित मीनार को करीब से देखूं, जिसे लेकर अक्सर राजनीतिक और धार्मिक जगत में शोर होता रहता है। मैं अगले आधे

घंटे में कुतुबमीनार के पास पहुँच गया। साथ ही, मुझे वहां पहुँचकर करीब एक घंटा चेतना का इंतजार करना पड़ा।

खैर, वह आई, आज चेतना गुलाबी साड़ी में काफी आकर्षक लग रही थी। ट्रेन के बाद यह मेरा और उसका यह पहला आमने-सामने था। आज वह बिलकुल अलग लग रही थी। हम इधर-उधर घूमते रहे, उसने वहां कुछ अपनी सेल्फी ली। हमने कुतुबमीनार के बारे में कुछ थोड़ी बहुत चर्चा भी की। इस सबके साथ मेरे अंदर एक थोड़ी सी झिझक थी, मुझे समझ नहीं आ रहा था कि मैं क्या बात करूं, लेकिन उसने एक जगह घास पर बैठते हुए खाने का टिफिन खोला और मेरी तरफ देखकर बोली, "आओ, पहले कुछ खा लेते हैं।" थोड़ी बहुत ना-नुकुर के बाद मैंने भी थोड़ा सा खाना खा लिया। मुझे कुछ सूझ नहीं रहा था। मैंने ऐसे ही पूछ लिया कि आगे आपकी कहानी में क्या हुआ था?

वह जैसे मेरे इस सवाल के लिए पूरी तैयारी कर रही थी। अच्छा हाँ, बस हम लोग श्रीनगर से वापस आए और साथ रहने लगे। लेकिन मैं घर के काम में बेहद आलसी थी। या कहो, मुझे घर का काम नहीं आता था। घर में पहले मम्मी काम निबटा लेती थीं, जो बचता उसे बहन निबटा लेती। मैं तो राजकुमारी थी, मेरी प्रजा ने मुझे कभी कोई काम ही नहीं करने दिया। इस कारण जब मैं ससुराल में कोई काम सही से नहीं कर पाती थी, तो इसे लेकर कई बार मुझे सास और जेठानी की जली-कटी सुनने को मिलती। एक दिन काम को लेकर ससुराल में खूब बहस हुई। बहस इतनी बढ़ चली कि उस दिन अंचित ने मुझे लात मार दी।

इतना कहकर चेतना चुप हो गई, मैंने भी उसकी चुप्पी तोड़ने में कोई जल्दबाजी नहीं दिखाई। थोड़ी देर चुप रहने के बाद वह कहने लगी, "बचपन में जब कभी ऐसा होता था कि कई बार गलती पर घर में मम्मी या पापा से डांट पड़ जाती थी, तब इसके दो नजरिए थे: एक तो यह कि अपनी ना सही, पर मम्मी-पापा की नजरों में हमने गलत किया। दूसरा यह कि शायद वह हमें

समझाना चाह रहे हैं कि जीवन में हम आगे सावधानीपूर्वक काम करें। लेकिन अंचित की वो लात लगते ही मुझे लगा जैसे किसी ने आज मेरे विश्वास पर परमाणु बम डाल दिया हो।

चेतना ने मेरी ओर देखकर कहा, "पता है, जिस दिन मुझे लात पड़ी, तब मुझे एक दिन बुआ के कहे शब्द याद आ रहे थे कि 'शादी के बाद भले ही हमारे नजरिए से हम निर्दोष रहते हों, लेकिन हमारे अंदर इतनी हिम्मत कहाँ होती है कि मार पड़ रही हो या डांट पड़ रही हो, फिर भी अपनी सफाई दें। तब जो कुछ हमारे साथ होता था, उसे अपनी बदकिस्मती समझकर झेल लेते थे और अपनी बेबसी पर अकेले में जी भरकर रो लेते थे।"

माता-पिता अक्सर डांट-डपटकर थोड़ी देर बाद प्यार से समझा भी लेते हैं। प्यार भी करते हैं और दुलार भी, लेकिन शादी के बाद ऐसा कुछ नहीं होता। तब अपनी सही बात भी गलत मानने को मजबूर किया जाता है, शायद पति या ससुराल वालों का ईगो सामने आता होगा।

"मैंने" पूछा, क्या यह आपके साथ एक किस्म से अंचित का धोखा था या शादी के बाद अंचित बदल गया?

चेतना ने एक पल मेरी ओर देखा और कहा, "प्यार कभी धोखा नहीं देता। यह बस हमारा नजरिया धोखा देता है, जो हम अक्सर बदलना नहीं चाहते हैं। जब एक इंसान से आपने प्यार किया और दूसरे ने आपसे प्यार किया, तब वह एक अलग समय होता है। तब हम एक दूसरे को खोने से डरते हैं, लेकिन विवाह के बाद यह डर समाप्त हो जाता है। ठीक ऐसे जैसे चुनाव से पहले नेता प्रजा के लिए अलग होता है और चुनाव के बाद अलग।" शादी के अंचित को यही लगा होगा कि अब यह कहाँ जाएगी! और मेरे अंदर भी उसे हासिल करने की जो प्रतियोगिता थी, वो भी तो समाप्त हो चुकी थी।

अचानक चेतना का फोन बज उठा, वो उठकर थोड़ा दूर चली गई, तकरीबन एक मिनट बात की होगी, वापस आई और अपना बैग उठाते हुए कहा, "आज सिर्फ इतना ही, अब मुझे यहाँ थोड़ा घूमना है।"

मैंने पूछा, "क्या साथ में कोई और भी है?"

उसने कहा, "हाँ, एक रिश्तेदार का लड़का है, वो थोड़ी देर में आ जाएगा।"

"मैंने" कहा, "ठीक है।"

वह कुछ पल रुकी और बोली, "अच्छा, इस रविवार मैं फ्री हूँ। अगर आप चाहें तो हम फिर मिलकर बात कर सकते हैं?"

मैंने पूछा, "कहाँ?"

क्या हम राजीव चौक मेट्रो स्टेशन पर मिल सकते हैं?

मैंने कहा, "ठीक है, ऐसा ही करते हैं।"

चेतना एक अजीब सी मुस्कान के साथ उठकर चली गई। और मैं हमेशा की तरह सोचने बैठ गया। उसके दिल का दरवाज़ा परत दर परत खुलता जा रहा था और मैं बिना कोई आहट किए उसमें चुपचाप अंदर जा रहा था। लेकिन उसके दिल में इतना अंधकार और पसरा सन्नाटा था कि मुझे एक कदम बड़े संभलकर रखने थे। क्योंकि अब वह सिर्फ कहानी ही नहीं, बल्कि अपनी रोजमर्रा की जिंदगी भी बताने में गुरेज नहीं करती थी। वह अपनी योग क्लास के बारे में भी बताती थी, जिसमें हर रोज उसे कोई न कोई प्रेम का आवेदन करता या कोई शारीरिक संबंध बनाने का प्रस्ताव रखता।

मुझे नहीं पता, ऐसे बातें मुझे बताकर वह क्या हासिल करना चाहती थी। किन्तु जब वह इस टाइप की बात बताती, उसकी आँखों में एक अजीब सी चमक मुझे दिखाई देती। इसके अलावा वह बताती कि अब किस तरह उसके घरवाले उस पर फिर से शादी के लिए दबाव बना रहे हैं। वह अक्सर हंसकर कहती, "पता नहीं कब तक ये कहानी पूरी होगी। जब तक ये कहानी पूरी होगी, क्या पता एक नई कहानी फिर से शुरू न हो जाए।" कभी-कभी वह अपने भविष्य के सपने बताने लगती तो कभी अतीत के बीते हुए

सपने। उसके हर एक सपने का एक अलग रंग था, मानों एक ऐसा रंग जो सब रंगों से मिलकर बनता हो।

मेरे लिए यह एक कठिन पगडंडी थी, जिस पर पहले भले ही कई मुसाफिर गुजर चुके थे। परंतु एक अनजाना भय मेरे अंदर जरूर था कि आखिर कोई भी मुसाफिर यह पूरी पगडंडी क्यों नहीं पार कर पाया? कहीं ऐसा तो नहीं कि इस पगडंडी को मुसाफिर रोंदते चले गए या पगडंडी ने ही मुसाफिरों को बंधक बना लिया हो। कभी-कभी मुझे लगता कि शायद चलने वाले पगडंडी का स्वभाव न समझ पाए हों। ऐसे कई सवाल मेरे मन में उफनते और अंत में उस उफान से सिर्फ एक सवाल बन जाता कि पगडंडी पर चलना मेरे लिए कितना सही है या कितना खतरनाक?

(10)

देखते-देखते तीन दिन बीत गए। आज रविवार है और मैं रोजाना की तरह सुबह के चार बजे उठ गया था। सिरहाने पर मेज पर एक कविता संग्रह रखा हुआ था और मैंने उसकी कुछ पंक्तियाँ पढ़ी थीं और लिखा था। स्मृतियों की चंद्रविभा में, नहा नहा कर हुआ धवल हूँ।

मंदिर मत ले जाना मुझको, मैं ठुकराया हुआ कमल हूँ।

काट रहा था घुट घुट जीवन,

तभी एक दिन आंधी आई।

मुझ पर फिर से प्यार लुटाने,

वही परी मुस्काती आई।

उसकी प्यार सी पुकार पर,

फिर से मैं उस पर मर बैठा।

फिर से अपने जीवन तरु पर,

कुल्हाड़ी को धर बैठा।

कविता की इन कुछ पंक्तियों ने मुझे कचोट कर रखा। ऐसा लगता है जैसे किसी कवि ने ये सिर्फ मेरे लिए लिखी हों। मैंने किताब को साइड में रख दिया। बिस्तर से उठकर बाहर खड़ा हो गया, सड़क पर इक्का-दुक्का लोग जा रहे थे। अचानक मुझे याद आया कि आज तो मुझे चेतना से मिलने जाना है। मुझे कुतुबमीनार पर देखा उसका कभी रुआंसा तो कभी हंसता हुआ चेहरा याद आने लगा।

धीरे-धीरे सूरज सिर चढ़ आया, मैं नहा-धोकर घर से निकल पड़ा। तय समय पर राजीव चौक मेट्रो स्टेशन पर पहुंच गया। चेतना की कॉल आई,

बिना किसी ज्यादा भागदौड़ के हम एक-दूसरे के सामने थे। हालांकि, मेरी धड़कन बढ़ रही थी, लेकिन मैं खुद को बिल्कुल भी असहज नहीं दिखाना चाहता था।

मैंने उससे पूछा, "आ गईं आप?"

"नहीं आईं, यह मेरा भूत है," कहकर हंस पड़ी। "मैं" भी मुस्कुरा दिया।

उसने कहा, "चलो कहीं बैठते हैं।" मैंने अपनी गर्दन से हामी भर दी। इसके बाद हम पत्थर की बेंच पर बैठ गए। एक-दो मिनट इधर-उधर की बातें करने के बाद मैंने पूछा, "अच्छा, फिर क्या हुआ था?"

"कब?" उसने पूछा।

"मैंने" कहा, "जब बहस के बाद आपको लात लगी?"

अरे, होना क्या था? मैं शिकार हिरण सी थी और वह शिकारी शेर सा था। मेरे कान के आस-पास सूजन थी। परिवार में परिवार की शर्तों पर रहते-रहते न सिर्फ़ मैं अपनी शक्ल खो बैठी थी, बल्कि स्वतंत्र आवाज़ भी। अब मुझे कुछ भी कहने से पहले डर लगता था, कभी मन भी होता कुछ बोलने का तो मन करता मुंह में कपड़ा ठूस लूँ या महीन तार से अपना मुंह सी लूँ। अब मेरा शरीर, मेरे हाथ-पाँव परिवार के काम करते रहते हैं, लेकिन शब्द अन्दर ही अन्दर कुलबुलाते रहते हैं, कभी गुस्से में खोलते शब्द तो कभी खड़कते शब्द...

यह सब कुछ चलता रहा। समय भी गुजरता रहा। किन्तु जैसे ही अंचित का वह रूप याद आता, मैं डर जाती। मेरे मन में अनेक सवाल उठ रहे थे कि क्या सभी शादीशुदा पुरुषों का यही असली रूप होता है? विवाह से पहले कितने वादे, कितनी कसमें खाते हैं और विवाह के बाद सब भूल जाते हैं?

मुझे याद है, जब अंचित ने कहा था, "जब तुम डूबोगी, मैं नाव बन जाऊंगा।" कितनी खुश थी मैं उस दिन। मेरी जिंदगी उस इंसान के हाथों में

सुरक्षित है, जो मेरा पति ही नहीं, मेरी जिंदगी की नाव, पतवार और खिवैया भी है।

अचानक वह खामोश हो गई। सामने बिल्डिंग की दीवार को टकटकी लगाकर देखने लगी, जैसे दीवार में कोई तस्वीर टंगी हो। मैं उसे देखने लगा, हालांकि मेरे मन में उसके लिए अथाह सहानुभूति थी, किंतु मैं अपने भाव प्रकट नहीं कर पा रहा था। मैं अपनी किसी भी सहानुभूति के भाव से खुद को कमजोर साबित नहीं करना चाहता था। मैंने हलक में थूक गटककर पूछा, "फिर आगे क्या हुआ?"

उसने धीरे-धीरे अपनी नजरें नीचे कीं। यह काम वैसे तो कुछ सैंकड़ों का था, लेकिन उसने इसमें भी मिनट से ज्यादा का समय लिया। उसने मेरी ओर देखा और बोली, "जब हम कुछ सोचते हैं तो सोचते ही रहते हैं, क्या हम सब पागल हैं?"

"मैंने," कहा, "काफी हद तक हम सब पागल हैं।" अब उसकी पलकें जैसे भीग गईं, उसने मेरी बात को मन में चबाकर फिर पूछा, "क्या अंचित का भी ये पागलपन था?"

"मैंने" अपना साहस बटोरकर कहा, "हाँ, शायद क्योंकि वह आपसे प्यार भी करता था।" उसने मानों इस बार अपने दोनों हाथ जोड़ लिए और प्रश्न की नजर से कहा, "ये हमारे मन के रूप होते हैं जिन्हें हम इंसान के रूप समझ बैठते हैं। सोचो, कोई इंसान न तो हर समय प्यार में रह सकता है और न नफरत में। इंसान अपनी जरूरतों के अनुसार बदलता रहता है। यदि मन में वासना का तूफान है तो प्यार करेगा और अगर तनाव में है तो हमला करेगा।

प्यार कीमती चीज़ होती होगी, पर उससे ज्यादा कीमती अपनी जरूरतें हैं। हम तो सिर्फ मन और भावना के पुतले हैं, इन सब चीज़ों के अधीन जीवन जीते हैं।

मैंने कहा, ऐसा नहीं है। कई बार जब शब्द नहीं मिलते, तब इंसान का शरीर क्रिया करने लगता है। अत्यधिक खुशी में नाचने लगता है। दुःख में डूबे हुए इंसान को जब शब्द नहीं मिलते, वो रोने लगता है और बहस में शब्दों की कमी महसूस हो तो हिंसा करने लगता है।

मैं आगे कुछ और कहता, उसने मुझे देखकर पूछा, "क्या यह सबके साथ होता है?"

मैंने कहा, "हाँ, यह इंसान का स्वभाव है और इंसान अपने स्वभाव के अनुकूल ही जीवन जीता है। जब आप दुखी होती हो, तो मुझे बड़ा अजीब सा लगता है।"

उसने एक कातर सी नजर मेरे ऊपर डालकर पूछा, "क्या तुम्हें मेरी कहानी में इंटरेस्ट है या मेरे दुःख में?" सवाल दोमुंहा था, जवाब संभलकर देना था क्योंकि दुःख कहानी के अंदर था और कहानी दुःख से शुरू हुई थी।

"मैंने," कहा, "कहानी में।"

उसने एक लंबी साँस ली, "अपना इंटरेस्ट कहानी तक सीमित रखना मैं नहीं चाहती। अब आगे कोई मेरे दुःख का साझीदार बने। क्योंकि पुराने दुःख वहीं खड़े रह जाएंगे और झोली में नए दुःख आएंगे, जैसे मेरे अतीत मेरे साथ आए थे।"

अब हम दोनों निशब्द थे। कुछ पल बीत जाने के बाद उसने मेरी ओर देखा, "क्या हुआ? डर गए?"

मैंने कहा, "डर वाली कोई बात नहीं, बस सोच रहा हूँ कि कहीं मैं इस कहानी को लिखने में बार-बार आपका दिल तो नहीं दुखा रहा हूँ?"

इतना सुनकर वह बहुत जोर से हँसी और हँसते चली गई, फिर मेरी ओर देखकर बोली- "फालतू की बात सोच रहे हो। जो चीज़ अब मेरे पास नहीं है, वो कैसे दुख सकती है? चिंता मत करो, अब दिल बिलकुल नहीं दुखता। जो दर्द होना था, हो लिया है। अब मैं और मेरा जीवन सुन्न अवस्था में हैं।"

"आप अंचित से अंतिम बार कब मिली थीं?" मैंने बात बदलकर पूछा।

अचानक उसका फोन रिंग करने लगा। उस दिन की भांति ही वह फोन लेकर थोड़ी दूर गई, जब वापस लौटी तो मेरे प्रश्न का जवाब देते हुए कहने लगी, "अंचित से अंतिम बार कब मिली थी, यह जानकर आपको क्या करना? जब कहानी आगे सुनोगे तो सब कुछ समझ आ जाएगा। अब मेरा जाने का समय हो गया है। बाकी बातें फिर किसी दिन बताऊंगी।"

वह चली गई, मैं वहीं बैठा रह गया। दोपहर चढ़कर अब ढलान पर थी और मुझे भूख भी लगी थी। बीच में मैंने उसके साथ सिर्फ एक कप चाय पी थी, हालांकि मेरे मन में था कि मैं उससे खाने के बारे में पूछूं, लेकिन न उसने कहा और न ही मैं हिम्मत जुटा पाया।

(11)

धीरे-धीरे, इन बातों को कई महीने बीत गए हैं। मैंने अपनी ओर से न तो चेतना को कॉल की और न ही उसे मैसेज किया। न ही उसकी कॉल आई, हाँ, वह हमेशा व्हाट्सएप पर ऑनलाइन रहती थी। ऐसा मैंने कई बार देखा कि वह दिन में अपने-अपने स्टाइल से लिए फोटोज और वीडियो स्टेटस पर लगाती। उसके इंस्टाग्राम पर उसके चाहने वाले दिनों-दिन बढ़ रहे थे। उसकी रील पर कमेंट बॉक्स में सैंकड़ों लोग अपना दिल उसके कदमों में रख देते।

आज दोपहर में उसका एक मैसेज आया, लिखा था, "मेरा मन बहुत खराब है।" उसके मैसेज को पढ़कर मैं कुछ पल के लिए स्तब्ध रह गया।

मैंने पूछा, "क्यों, अब क्या हुआ?"

उसने कहा, "कुछ नहीं, बस मन बहुत खराब है। क्या करूँ इस मन का?"

मैंने समय की नजाकत को भांपते हुए माहौल को व्यंगात्मक बनाने की कोशिश की और कहा, "इस मन को किसी मिस्त्री को दिखा दो।"

मेरी कोशिश सफल हुई और उसने हंसने वाले कई कैरेक्टर्स भेजे। कहा ठीक है, लेकिन इस दुनिया में मन के मिस्त्री बड़ी मुश्किल से मिलते हैं, यहाँ तो कदम-कदम पर तन के मिस्त्री मिलते हैं। इसके बाद उसका अगला संदेश आया, "अगर आप फ्री हो तो क्या शाम को बात हो सकती है?"

"मैंने" ओके लिखा।"

समय की चाल के साथ, यह शाम भी ढलान पर थी। आज काफी दिनों बाद, "मैं" उसके फ़ोन का इंतज़ार कर रहा था। काफी इंतज़ार के बाद फ़ोन पर कोई कॉल नहीं आई। जब दस बज गए, मैंने सोचा, क्यों न मैं ही फ़ोन कर लूँ, क्या पता उसे याद नहीं रहा हो। बस यही सोचकर मैंने फ़ोन मिला दिया।

करीब चौथी-पांचवीं रिंग के बाद, उसने फ़ोन उठाया। जब तक मैं अपनी ओर से "हेलो" या कुछ कहता, उसकी आवाज़ मेरे कानों में आई।

"हाँ, बोल, क्या बात है? फ़ोन क्यों किया?"

उसकी आवाज़ मुझे कर्कश और गुस्से में लगी।

"मैंने," कहा, "आपने ही कहा था कि आप शाम को कॉल करोगी।"

"अच्छा, तुम लोग मुझसे क्या चाहते हो? क्या मैं फालतू हूँ या मेरा कोई महत्व नहीं है, जिसके कारण तुम जब चाहो फ़ोन कर दो?"

मुझे आज उसका स्वभाव बहुत अजीब लग रहा था। वह बार-बार पूछ रही थी, "क्या किसी से थोड़ी सी प्यार से बात करना समर्पित हो जाना होता है?"

मैंने कहा, "नहीं।"

तो लोग ऐसा क्यों समझते हैं? एक लड़का है, मैं उससे ज़रा प्यार से बात क्या की, जब देखो फोन कर देता है। पहले दो-चार बार उससे बात हुई, अब रोज़ फोन करने लगा। कह रहा था पत्नी अपने घर गई है, तो आपसे बात कर रहा हूँ। अगर शादीशुदा था तो पहले दिन बता सकता था। मैं ही नहीं करती। वह क्या समझता है? मैं अब अकेली हूँ, इसलिए उसका टाइम पास बन जाऊँगी? हद हो गई है, एक अकेली लड़की मानो लोगों के अकेलेपन की खुराक हो गई है। मैं कॉल सेंटर नहीं हूँ।

चेतना चीख-चीखकर बोल रही थी। "मैं" सुन रहा था, मुझे कोई रास्ता नहीं सूझ रहा था। जब वह थोड़ी शांत हुई, मैंने कहा, "माफ करना, मुझे ये सब नहीं पता था। दिन में आपसे मेसेज में बात हुई थी जिसमें शाम को आपने बात करने को बोला था, बस मैं इस कारण गलती से कॉल कर बैठा, आगे ऐसी गलती नहीं करूँगा।" मैं इतना कहकर फोन कट कर दिया।

आज मुझे बहुत पछतावा हो रहा था या कहो, बहुत दिनों से जिस लड़की की मैं दर्द, आंसू और वेदना भरी आवाज़ सुन रहा था, आज उसका

पूर्णतः अनजान परिचय मुझे हैरान कर गया। सच कहूँ, मुझे उसका यह व्यवहार बिलकुल भी अच्छा नहीं लगा।

अब मैंने फैसला किया है कि चाहे कुछ भी हो जाए, मैं उसे कभी फोन नहीं करूंगा। साथ ही मेरे मन में सवाल घूमने लगे। आखिर कोई ऐसे रात में उसे फोन क्यों करेगा? कुछ तो कारण रहा होगा। क्या वह इस कारण खफा थी कि लड़का विवाहित है? अगर वह अविवाहित होता तो क्या चेतना को कोई आपत्ति नहीं होती? आज मुझे अहसास हुआ कि शायद वह पति की तलाश में है या फिर मनचाहे प्रेमी की।

"मैंने" यह किस्सा यहीं रोक दिया और अपने अन्य जरूरी कामों में व्यस्त हो गया। इसके बाद न उसकी कॉल आई, न ही मैंने कॉल की, यहाँ तक कि मेरा मैसेज करने का भी मन नहीं हुआ। इसी तरह, एक-एक कर दिन बीतते चले गए। अभी तक इस कहानी को चलते-फिरते कई महीने बीत चुके थे। मैं भी अभी तक इस कहानी के साथ चल रहा था, अचानक उस दिन कहानी ने मानों अपना रास्ता बदल लिया था। अब मुझे भी अपने रास्ते जाना था, पर कहानी इस तरह अपना रास्ता एकदम मोड़ देगी, मुझे विश्वास नहीं था। मैंने फैसला किया कि यह एक रोग है जिससे मुझे बचना है। दूसरा, इसका कोई एक रूप नहीं है, यह कोई बहुरूपिया स्त्री है।

(12)

इन दिनों, मैं सुबह जल्दी अपने कार्यालय निकल जाता हूँ, कभी कश्मीरी गेट से और कभी आनंद विहार से मेट्रो पकड़ता। आज भी बिल्कुल ऐसा ही हुआ, सुबह के करीब सात बजे होंगे, मैंने आनंद विहार से मेट्रो पकड़ी, क्योंकि सुबह-सुबह की बात थी, ज्यादा भीड़ नहीं थी। जहां मैं बैठा था, मेरे बगल में एक महिला बैठी थी। महिला ढली हुई उम्र की नहीं थी, पर मुरझाई हुई सी थी। देखने में लगता था कि वह अपनी आयु से ज्यादा गंभीर थी। वह किसी से फोन पर बात कर रही थी और उसके साधारण से शब्दों की झिर्रियों से जो चिंता छन रही थी, वह साधारण नहीं थी। हालांकि, कहते हैं कि किसी की व्यक्तिगत बातें नहीं सुननी चाहिए, लेकिन वह जिस तरह से बेखौफ होकर बात कर रही थी, मुझे भी इस पाप की कोई परवाह नहीं थी।

वह किसी को बता रही थी कि ऐसा नहीं है, मैं प्यार और प्रीत को नहीं समझती, सब समझती हूँ। जवानी का अमृत मैंने भी पिया है, मेरी जवानी देखकर कोई ही विरले ऐसा रहा होगा जिसने पीछे मुड़कर मुझे न देखा हो। कभी मेरी छाती पर भी एक शहर हुआ करता था। मेरे बालों में भी लड़कों के सपने उलझते थे। देखते-देखते कब मैं खुद एक लड़के के प्यार में उलझ बैठी, पता ही नहीं चला। वह हर रोज मुझे पत्र लिखता, फिर पत्र का जवाब मांगता। मैं भी अब अपनी किताबों से ज्यादा उसके पत्र पढ़ रही थी।

उसके सपनों और वादों की दुनिया में अपना वजूद तलाश बैठी। उसके संग मैंने अपने सभी सपने सजा लिए थे। अकेली रातों में मैंने उसे न जाने कितनी बार मन ही मन महसूस किया होगा। एक दिन दोपहर को उसका पत्र आया, हमेशा की तरह वह खाली माचिस की डिबिया में खत रखकर दरवाजे पर फेंक गया था। खाली माचिस के फर्श पर टकराने की आवाज़

आज भी मेरे जेहन में ज्यों की त्यों है। पत्र खोला, उसमें शुरू की चार लाइनें वही थीं, जिसमें वह मेरे नाम के साथ लिखता था, "मेरी प्यारी," लेकिन आज उससे आगे जो था, वह मेरे प्यार की परीक्षा थी। लिखा था, "अगर तुम आज रात को मुझसे मिलने नहीं आई, तो कल सुबह मेरा मरा मुंह देखोगी।" काश, मैं अगर अगले दिन उसका मरा मुंह देख लेती, तो आज हर रोज़ अपना मरा हुआ नसीब न देखना पड़ता।

लेकिन उसके ये शब्द पढ़कर मैं डर गई थी। सोचा, आज जो भी होगा, देखा जाएगा। रात हुई, माँ सो गई। मैं चुपचाप घर से निकली, गली का एक मोड़ पार किया, फिर दूसरा थोड़ा आगे बढ़ी ही थी कि अचानक उसने मेरा हाथ पकड़कर एक कमरे में खींच लिया। कुछ ही पल में मेरा कुंवारा अछूता जिस्म छिल गया था। मैं चाहकर भी मना नहीं कर पाई। पर थोड़ी देर बाद किसी ने दरवाज़ा पीटना शुरू कर दिया। एक साथ कई मर्दों और औरतों की आवाज़ कानों में टकरा रही थी। मुझे अब कुछ नहीं सूझ रहा था। बस मन कर रहा था धरती फट जाए और माता सीता की तरह मुझे समा ले।

उसने घबराकर दरवाज़ा खोल दिया था। गली की औरतें मुझे बुरी-बुरी गालियाँ दे रही थीं, शोर बढ़ता जा रहा था। अचानक मेरा बाप और भाई भी आ धमके। उन्होंने मुझे अंगारों जैसी आँखों से देखा और हाथ पकड़कर घर ले गए। घर में घुसते ही माँ ने कई थप्पड़ जड़ दिए और एक लोहे की रॉड उठाकर कहा, "तुझे इतनी आग लगी है, ले इसे गर्म करके अपने अंदर डाल ले।"

मैं कई दिनों तक अपने घर में पड़ी रोती रही, हर रोज़ फर्श पर खाली माचिस के टकराने का इंतज़ार करती, पर फिर कभी वो आवाज़ मुझे सुनाई नहीं दी। मेरी उस रात की खबर अगले दिन पूरे मोहल्ले की खबर बन चुकी थी। मैं बाहर नल से पानी लेने जाती तो लड़के मुझे देखकर अश्लील इशारे करते। अड़ोस-पड़ोस की महिलाएं कोई थूककर निकलतीं तो कोई हमारे घर में अपनी जवान तो क्या, छोटी-छोटी बच्चियों को भी नहीं आने देतीं।

फिर एक दिन पता चला कि वो लड़का यहाँ से अगले दिन ही चला गया था। वो अपने मामा के यहाँ रहता था। इस किस्से के बाद उसे उन्होंने यहाँ से भेज दिया था। सोचते-सोचते कई दिन बीत गए थे। कभी सोचती कि वो फिल्म के नायक की तरह एक दिन घर में आएगा, सबके सामने मेरा हाथ पकड़कर कहेगा, "पम्मी, मेरी है"। पर ऐसा हुआ नहीं। और एक दिन माँ ने कहा, "नहा धो ले, आज तुझे देखने वाले आएंगे।" लड़का दिल्ली में नौकरी करता है, दूहाजू है, पहली घरवाली उसने छोड़ दी थी। मैंने कहा, "क्या पता, कल मुझे भी छोड़ दे?"

माँ ने कातर नजरों से मुझे देखा और कहा, "क्या उसने तुझे अपना लिया? तेरा जिस्म और हमारी इज्जत लूटकर आधी रात को निकल गया।"

मैं खामोश रही, लड़का आया और कुछ दिन बाद पड़ोसियों ने मेरी शादी के लड्डू खाए। अब मैं दिल्ली आ गई थी, दो दिन बाद मेरी सास ने मुझे घर के कायदे-कानून समझा दिए थे, साथ में एक बात नोट करने को भी कही, "देख, तेरा खसम रात को दारू पीकर आए, गाली दे या हाथ उठाए, बस बोलना मत।" सुबह को खुद देखना, वो कितने प्यार से बात करता है। ये बताते-बताते सास की आँखों में अजीब चमक थी, लेकिन मेरी आँखों के सामने अंधेरा छा गया था और मैं सोच रही थी कि इसकी पहले वाली बीबी मेरे लिए इसी कारण यह नौकरी छोड़कर गई है।

वह फोन पर बात कर रही थी, और अचानक मैंने देखा कि मुझे राजीव चौक उतरना था, लेकिन मेट्रो टेगोर गार्डन पहुँच चुकी थी। वह फोन पर बात करते-करते उठकर गेट पर चली गई, और मैंने भी तुरंत यहीं से वापसी की मेट्रो ले ली।

भले ही हम जिंदगी भर बहुत कुछ सुनते हैं और बहुत कुछ बोलते हैं, लेकिन कई बार हम जिंदगी में कुछ ऐसा बोल देते हैं जिसका हमें ताउम्र पछतावा होता है और कई बार हम ऐसा कुछ सुनते हैं जिस पर कोई सहज विश्वास करेगा या नहीं करेगा, लेकिन वह बात हम उम्रभर अपनी स्मृति पटल

से मिटा नहीं पाते। आज भी जो कुछ मैं सुनकर वापस लौट रहा था, वह बिलकुल अविश्वसनीय है, लेकिन जो मैंने सुना, वह सच था और उसने जो बोला, उसका वह जाने। हालांकि शब्द अपने आप में कई बार तब तक अपूर्ण रहते हैं जब तक उन्हें विश्वास का सहारा नहीं मिलता। किंतु चेतना की कहानी और आज का किस्सा सुनकर मैं इस नतीजे पर पहुँचा हूँ कि हम संसार की किसी भी संभावनाओं पर यकायक अविश्वास नहीं कर सकते।

धीरे-धीरे समय बीतने लगा, चेतना से जब मैं पहली बार ट्रेन में मिला था। आज उन बातों को लगभग एक साल बीत चुका है। कभी-कभी मुझे लगता है कि शायद अब वह अपने पति के साथ रहने लगी होगी। कभी-कभी लगता है कि उसने किसी दूसरे व्यक्ति से विवाह कर लिया होगा। अब उसकी इस कहानी में मेरी भी कोई खास दिलचस्पी नहीं रही है। कभी-कभी कुछ पल दिमाग में उसका किस्सा आता और मेरे सोने के साथ वह किस्सा भी सो जाता। अगली सुबह जब मैं जागता तो उसका किस्सा सोये रहता।

रोज़ाना की तरह ही, आज भी शाम को घर पहुंचते ही, जेब से अपना पेन निकालकर मेज पर रखा ही था कि अचानक चेतना की कॉल आ गई। पहले तो मुझे विश्वास नहीं हुआ! मन में आया रिसीव करूं या नहीं! फिर अचानक मैंने कॉल को रिसीव कर ही लिया।

किंतु कॉल रिसीव करने पर, वही एक बुझी सी आवाज़ कानों में टकराई। इससे पहले मैं कुछ कहता, वह खुद ही बोल उठी, "उस दिन के लिए सॉरी, किसी और का गुस्सा तुम पर निकल गया।"

ये आज अचानक उसका आप से तुम पर आना मेरे लिए अजीब था, पर समय की गंभीरता को मैंने बखूबी समझा कि हो सकता है आज इसके अंदर मेरे प्रति इतना अपनापन हो कि ये अपने शब्दों को औपचारिकता के वस्त्र पहनाना भूल गई हो।

"मैंने" कहा, कोई बात नहीं, कई बार ऐसा हो जाता है, पर फिर आपने कॉल ही नहीं की?

बस मैं हिम्मत नहीं कर पाई, कई बार अकेली होकर रोई भी, पर जैसे ही फोन हाथ में लेती, अपने कहे शब्द मेरे सामने खड़े हो जाते और मुझसे सवाल करते कि अब किस मुंह से फोन करने जा रही हो? मैं फिर फोन साइड में रख देती। आज भी बड़ी हिम्मत से कॉल करने की सोच रही थी, लेकिन मन में बार-बार आता था पता नहीं, तुम मेरी कॉल रिसीव करोगे या नहीं।

"मैंने" फिर उसी बात को दोहराया, "कोई बात नहीं, यह सब हो जाता है। हर बात को दिल से लगाना जरूरी नहीं होता।"

जैसे उसे मेरे इन्हीं शब्दों की जरूरत थी, उसने तत्काल उत्तर दिया, "अगर हर बात दिल से नहीं लगाई जाती है, तो फिर आपने उस दिन के बाद कोई कॉल या मैसेज क्यों नहीं किया?"

"मैंने" कहा, कई बार बातें छोटी होती हैं पर जिद बड़ी हो जाती है, इसलिए मुझे लगा कि गलती आपकी थी, तो आप ही पहले गलती मानोगी।

आप गलत हैं और मेरे बारे में तो पूरी तरह से गलत जानकारी है। अगर मुझमें अपनी गलती मानने का हुनर होता, तो शायद मैं इस तरह से बर्बाद नहीं होती। उसने जवाब दिया।

पर अभी तो आपने अपनी गलती मानी थी? मैंने पूछा।

वह बोली, "मैं बेहद दुखी थी और बात करने का कोई रास्ता नहीं सूझ रहा था, तो मैंने आज पहली बार तुमसे बात करने के लिए इस 'सॉरी' को अपनी गलती का पुल बनाया।" और आप बताएं, आप कैसे हैं?"

"मैं ठीक हूँ।" मैंने कहा।

"अच्छा, इतने दिनों में तुमने क्या किया है?" उसने पूछा।

"कोई खास नहीं, बस अपने रूटीन कार्यों में व्यस्त हूँ और अपना अगला उपन्यास लिख रहा हूँ।"

"क्या उसमें मेरी कहानी भी है?" उसने पूछा।

"मैंने कहा नहीं, आपका किस्सा अधूरा है, जिसका अंत मुझे पता नहीं कि कहाँ छिपा है।"

वह एक सुनी-सुनाई बात बोली कि अंत कहानियों का होता है, किस्सों का नहीं। "मेरी ज़िंदगी कहानी नहीं है, बल्कि एक किस्सा है।"

मैंने पूछा, "कैसा किस्सा? वही तो मैं नहीं समझ पा रहा हूँ।"

इतना सुनते ही वह पहले तो जोर से हँसी और फिर एकाएक उसके गंभीर शब्द मेरे कानों तक आए कि साधारण अर्थों में कहें तो इंसान अपनी शर्तों और सामाजिक, मानसिक, शारीरिक या आर्थिक जरूरतों को पूरा करने के लिए जीवन जीता है, वह भी सिर्फ और सिर्फ अपनी खुशी के लिए। समय के साथ-साथ अंचित का व्यवहार अब पहले जैसा हो चुका था, यानी हमारे बीच का मनमुटाव अब इतना नहीं था।

"फिर क्या हुआ?" आज उसकी आवाज़ में कोई शिकन या दुख का भाव नहीं था। जितनी जल्दी मैंने सवाल किया, उतनी ही जल्दी उसका उत्तर मिला।

तुम्हें पता है, कभी-कभी मुझे ऐसा लगता है कि मैं अंचित को बहुत कम जानती हूँ और कभी-कभी मुझे ऐसा लगता है कि मैं उसे उससे भी अधिक जानती हूँ। बस ऐसे मौकों पर मैं खुद को यकीन दिलाती हूँ, पर एक पल बाद फिर लगता है कि मैं तो उसे बिलकुल भी नहीं जानती। मैं हमेशा उसके पास रहना चाहती थी, उसके साथ रहना चाहती थी।

उन दिनों अंचित को दुबई की एक कंपनी से जॉब का ऑफर मिल गया था और मैं घर का काम निपटाकर नायरा के पास चली जाती। आर्थिक तंगी के चलते नायरा ने अपनी पढ़ाई छोड़कर ब्यूटी पार्लर का काम सीख लिया था। उसका पार्लर अच्छा चल रहा था। उसके साथ मेरा दिन भी बीत जाता और मैं धीरे-धीरे पार्लर का काम भी सीख गई।

वह अब कुछ पलों के लिए मौन रही, फिर अचानक मुझे सुनाई दिया। सुनो, किसी की कॉल आ गई है, मैं फिर बात करती हूँ।

फोन डिस्कनेक्ट हो गया। लेकिन आज मुझे दो चीजें अच्छी लगीं। पहली चीज यह है कि मुझे किस्सा आगे सुनने का मौका मिला। और दूसरी चीज यह है कि आज मेरे और उसके बीच का मनमुटाव कम हुआ।

(13)

कहते हैं कि रिश्तों को देखने के कई नजरिए होते हैं, रिश्तों का कोई अतीत नहीं होता। वर्तमान ही रिश्तों का भविष्य होता है। हाँ, जबसे "मैंने" जानने की कोशिश की चेतना और अंचित के बीच का संबंध कैसा है, तब से मेरे पेन और डायरी के बीच का रिश्ता जरूर बहुत गहरा और घनिष्ठ हो गया है। पेन मेरी जेब में और डायरी मेरे बैग में रहती थी।

इस बार जब मैंने चेतना की कॉल डिस्कनेक्ट की, तो मुझे लगा कि मुझे शायद एक या दो महीने इंतजार करना पड़ेगा। लेकिन शाम को उसका मैसेज आया जिसमें लिखा, "मैं परसों दिल्ली आ रही हूँ, आगे की कहानी बताऊंगी। हम संडे को वहीं मिलते हैं जहाँ हम उस दिन मिले थे।"

जल्दी ही संडे भी आ गया। पर आज मौसम खराब था। बार-बार बारिश आ रही थी। चेतना सही समय पर आई थी। किंतु समस्या थी कि आज कहाँ बैठकर बात की जाए! चेतना ने मुझसे पूछा, "आपका घर कहाँ है?"

मैंने कहा, "यहाँ से आधा घंटे की दूरी पर ही है।"

"अगर आपको कोई प्रॉब्लम न हो तो क्या आज हम आपके घर पर बैठकर बात कर सकते हैं?" चेतना ने पूछा।

"मुझे क्या प्रॉब्लम होगी? अगर आप चाहें तो चल सकती हैं," मैंने कहा। मेरे कहने भर की देर थी, उसने तुरंत खुशी-खुशी हामी भरी और मेरे साथ-साथ चल दी।

हम घर पहुंचे और बैठ गए। इधर-उधर की काफी बात होती रही, कभी योग पर, कभी समाज पर। मैंने उससे चाय के लिए पूछा, लेकिन उसने मना कर दिया।

थोड़ी देर बाद उसने मेज पर रखा पानी का गिलास उठाया और पानी पिया। मेरी ओर देखकर उसने कहा, "तुम जानते हो समर्पण क्या होता है? कम से कम एक नारी के लिए?" पर आपको क्या पता होगा, ये तो एक नारी ही जानती है क्योंकि उसकी सीमाओं के रथ के पहिये एक निश्चित दायरे में घूमते हैं।

फिर वो आगे कहने लगी, "हम नारी भी भावनाओं के बहाव में जल्दी बह जाती हैं। जीवन को किन-किन मौकों पर समझना होता है, यह हमारे बस की बात नहीं।" मैंने सुहाग रात वाली रात में अंचित के सामने पहली बार समर्पण नहीं किया था, जो मुझे विशेष खुशी नहीं थी। वो तो मैं शादी से पहले ही भावनाओं में बहकर कर ना जाने कितनी बार कर चुकी थी।

यह कहते-कहते वो जोर से हँस पड़ी, लेकिन उसकी वह हंसी एक अजीब तरह से अस्वाभाविक लगी। मुझे जैसे बिना बात जानबूझकर हँसी हो रही हो। उस हँसी की कुरूपता आज भी मेरी आँखों के सामने जैसे नाचती है। फिर वह एक बारगी शांत हो गई, जैसे उसने अपने ऊपर गंभीरता का पर्दा डाल लिया हो। उसने एक पैनी और रहस्यमयी नज़र से मुझे कुछ देर तक देखा। मुझे उस समय ऐसा लगा कि जैसे उसकी चुभती हुई नज़र मेरे हृदय की गहराइयों की थाह ले रही हो।

उस समय उसके मुख पर मुस्कान थी, न उसके चेहरे पर भोलापन। एक अजीब सी नजर मेरे चेहरे पर डालते हुए उसने कहा, "मैं सुंदर हूँ, बुरी नहीं हूँ। पर आज तक नहीं जान सकी कि शायद मैं वही हूँ जो मेरा रंग और रूप है।" कहते-कहते वह उठकर खड़ी हुई और खिड़की में बाहर कुछ पल देखती रही।

फिर मेरी ओर देखकर बोली, "यदि मैं आपसे कहूँ कि मैं तुमसे बेहद प्यार करती हूँ, तुम्हारे बिना रह नहीं सकती। सारा जीवन तुम्हारी बनकर रहना चाहती हूँ। तुम मुझसे क्या मांगोगे?"

"मैंने" पूछा, "लेकिन आप ऐसा क्यों करोगी?"

उसने कहा, "मान लो, मैं तुमसे पूछ रही हूँ, यह सोचो, मेरी अभी तक शादी नहीं हुई है, मेरी उम्र बीस साल है, मेरी जवानी मेरे साथ है, तब?"

मैंने कहा- "कुछ नहीं, यदि आप मजाक कर रही हो तो यह एक भावनात्मक खेल है जिसमें मुझे हारने में कोई दिलचस्पी नहीं है और यदि आप सच कह रही हो तो यह मेरा सौभाग्य है।" यह सुनकर वह हल्के से मुस्कुराई, पर अंचित ने उस दिन ऐसा कुछ नहीं कहा था। जिस दिन मैंने उससे प्रेम का इजहार किया, उसने मुझे अकेले में मिलने को कहा था। पर उसकी भी क्या गलती, अपने यहाँ तो सीधी कहावत है कि लड़की हँसी तो फंसी।

मैंने उसे रोकते हुए पूछा, फिर आगे क्या हुआ था?

मेरे इस प्रश्न से मानों वह कुछ पल बोखला सी गई, फिर उसने मानों अपने अतीत का गियर चेंज किया और बोली, रातों को बिस्तर में पड़े-पड़े वह देर तक सोचती रहती, उसकी नियति क्या बन गई है। न जाने कब कैसे एक फुलटाइम गृहिणी बन गई जबकि उसने ज़िंदगी की एक बिलकुल अलग तस्वीर देखी थी। कितना अजीब होता है कि दो लोग बिलकुल अनोखे, अकेले अंदाज़ में इसलिए नज़दीक आएँ कि वे एक-दूसरे की मौलिकता की कद्र करते हों, महज़ इसलिए टकराएँ क्योंकि अब उन्हें मौलिकता बर्दाश्त नहीं।

मेरे ऊपर बच्चा पैदा करने का दबाव था। यह दबाव मैंने इतनी बार सहा कि अंत में मैं भी चाहने लगी कि ममता के रूप में मैं एक माँ बन जाऊँ और जीवन में कुछ कामयाबी पा लूँ। खैर, बाकी बातें फिर होंगी। आज मुझे काफी काम है।

मैंने उसे रोकना उचित नहीं समझा। लेकिन मुझे बार-बार इस बात का अहसास हो रहा था कि शायद मैंने इसे बीच में टोका, इस कारण उसे मेरा व्यवहार नागवार गुजरा हो। क्योंकि वह अपने मन के अनुरूप जीवन जीती है, शायद मेरा टोकना उसे उचित न लगा हो। मैं उसके गुस्से से पहले

भलीभांति परिचित हो चुका था। मैं नहीं चाहता था कि उससे कोई भी सवाल मेरे घर कोई बखेड़ा खड़ा करे। इतना सोचकर मैं खामोश रहा।

वह चली गई, लेकिन मेरे सामने कई सवाल छोड़ गई। जैसे एक बुनकर के पास कोई कता हुआ सूत छोड़ जाए। लेकिन आज पता नहीं क्यों, उसके उदास चेहरे पर एक अजीब हल्की सी मुस्कान देखकर मुझे ऐसा लगा जैसे दुनिया में कोई ऐसा घाव नहीं होता है जो भर नहीं पाता हो, कोई ऐसा दुख नहीं होता है जो चिरस्थायी हो। दुःख जीवन का एक नियम नहीं है। अगर जीवन का यह नियम होता, तो दुनिया की शक्ल और सूरत कुछ और होती। कभी लगता यह दुखी नहीं है, कभी लगता यह सिर्फ समय-समय पर दुःख का दिखावा करती है। मैं इस एक साल में उसके अनेकों रूप से इतनी बार परिचित हो चुका था कि अब मुझे उसके किसी भी रूप पर भरोसा नहीं होता था।

चेतना के जाने के थोड़ी देर बाद मैंने अपनी सोच पर लगाम लगाई। मेरी सोच के घोड़े अभी रुके ही थे कि बारिश आ गई। बूंदें आड़ी-तिरछी जमीन पर बरसने लगीं। न ज्यादा गर्मी थी, न ज्यादा सर्दी, नवंबर का महीना था। मैं बाहर बालकनी में खड़ा होकर बूंदों में भीगती जमीन और गली में निकलते लोगों को देखने लगा। यह मेरे लिए एक अजीब आकर्षण था। आज मेरे पास समय की कोई कमी नहीं थी, मैं बारिश को देखता ही जा रहा था। अचानक किसी ने दरवाजे पर दस्तक दी।

मैंने दरवाजा खोला तो देखा, चेतना फिर मेरे सामने खड़ी थी। बारिश में सिर से पैर तक बिलकुल भीगी हुई थी, उसके कपड़े उसके बदन से लिपटे हुए थे।

मैंने पूछा, "आप गई नहीं?"

उसने धीरे से मुस्कुराकर कहा, "नहीं, बस नहीं मिली। काफी देर बस स्टॉप पर इंतजार किया।" बारिश बढ़ती ही जा रही थी, सड़कों पर पानी भर गया तो सोचा क्यों न मैं कुछ देर यहीं रुक जाऊं।

मैंने मुस्कुराकर उसका फिर से स्वागत किया।

वह भी धीरे से मुस्कुराई और कहा, "सिर्फ स्वागत से काम नहीं चलेगा। मुझे कुछ सूखे कपड़े और एक कप चाय की जरूरत है।"

लड़की के कपड़े मेरे पास नहीं थे, मैंने खेद प्रकट करते हुए कहा, "आप चाहें तो मेरी टी-शर्ट और लोअर पहन सकती हैं।"

उसने बिना कोई एतराज जताए कपड़े अलमारी से उठा लिए, वह कपड़े बदलने चली गई और मैं किचन में चाय बनाने चला गया। चाय बनाकर जब मैं वापस लौटा, तब तक वह कपड़े बदल चुकी थी। कपड़े भले ही मेरे थे, लेकिन तन उसका था, जिसमें वह काफी आकर्षक लग रही थी। मेरी नजर बार-बार उसके चेहरे को छू रही थी। शायद इसका उसे भी अहसास हो गया था। उसने चाय की घूंट भरते हुए पूछा, "एक महिला कहाँ तक होती है?"

समझा नहीं, मैंने जवाब दिया।

उसने प्रश्न को दुबारा दूसरे तरीके से रखते हुए पूछा, "मेरा मतलब शारीरिक दृष्टिकोण के हिसाब से एक पुरुष की नजर में एक औरत कहाँ तक ठहरती है?"

प्रश्न विचलन पैदा करने वाला था। मैंने कहा, "आप प्रश्न कर रही हो या मेरी परीक्षा ले रही हो?"

परीक्षा तो आदिकाल से स्त्री जाति की पुरुषों द्वारा ली जाती आई है। "मैं सिर्फ सवाल पूछ रही हूँ।"

"मैंने" थोड़ा गंभीरता के साथ उसके चेहरे की ओर इशारा किया।

क्या यह तुम्हारा पूरा जवाब है, उसने फिर से पूछा?

मैंने कहा, हाँ।

उसने कहा, "यदि मैं तुम्हारे सामने अपने पूरे कपड़े उतारकर बैठ जाऊं, क्या फिर भी तुम्हारी नजर मेरे चेहरे तक रहेगी?"

"मैंने" कहा, "तब कुछ कह नहीं सकता, नजरें जितना देखती हैं, कई बार उससे अधिक देखने की कोशिश करती हैं।"

उसने कहा, "बस यही सुनना चाहती थी।" आखिर क्यों एक महिला को लोग पेट से नीचे ही पाना चाहते हैं, जबकि सभी महिलाएं पेट के ऊपर होती हैं? उनकी आर्थिक जरूरतें भी होती हैं और मानसिक भी। उनके पास एक शरीर के अलावा एक मन भी होता है, फिर उन्हें कोई क्यों नहीं पाना चाहता?

"मैंने" कहा, "आपका दर्शन सही है, लेकिन मेरे जवाबों से सम्पूर्ण पुरुष जाति में सुधार नहीं हो सकता। इन सभी प्रश्नों के उत्तर शायद संसार में विरले ही कोई पुरुष दे पाएगा, और अगर देगा भी तो शायद उत्तर में उतनी ईमानदारी नहीं मिलेगी जितनी ईमानदारी आपके प्रश्न में है।"

अब चेतना ने धीरे से कोमल और करुण स्वर में मुझसे कहा, "प्यार और ममता का सहारा जानती हूं, शब्दों के इनके अर्थ भी अच्छे से समझती हूं। हर एक इंसान को इनकी जरूरत पड़ती है। दुनिया इसी ममता और सहारे पर कायम है। इसे प्रेम का सहारा कह लो या जिस्मानी जरूरतों का, बस कहने के भाव बदलते हैं, लेकिन डिमांड वही रहती है। यह संसार शब्दों का बना है, शब्दों में बंधा है। भावनाएं हमें एक-दूसरे के निकट खींचकर लाती हैं और भावनाएं ही इंसान को इंसान से दूर करती हैं।"

मैं आपसे सच कहती हूं कि प्रेम और सहारे के लिए मेरे भी प्राण छटपटाने लगते हैं, लेकिन शायद मुझे प्यार और सहारा पाने का अवसर नहीं मिला है। मैं सिर्फ दूसरों को यह प्यार और सहायता देने आई हूं, खुद को मिटाकर दूसरों को बनाने आई हूं। लेकिन मैं बहुत बदकिस्मत हूं क्योंकि मैं किसी को भी यह प्यार और ममता देकर भी अपना नहीं बना पाई।

उन दिनों अंचित दुबई से घर आए हुए थे। मैं पार्लर का काम सीख चुकी थी। हां, एक बात बताना भूल गई कि अंचित को मेरे सोशल मीडिया उपयोग से चिढ़ थी। इस बात को लेकर हमारा झगड़ा दिन पर दिन बढ़ता जा रहा था। जरा सी बात पर न जाने कितनी बार झगड़ा हुआ, आज याद भी नहीं।

कई बार मन में आता था कि अब वह बिलकुल नहीं बोलेगी, यहाँ तक कि अंचित उसकी आवाज़ को तरस जाएगा। लेकिन यह निश्चय मुझसे निभ न पाता। बहुत जल्द कोई-न-कोई ऐसा प्रसंग उपस्थित हो जाता कि मैं फिर ज्वालामुखी की तरह फट पड़ती और फिर बदतमीज़ और बदजुबान कहलाई जाती। मुझे अब किसी भारी-भरकम शब्दकोश की ज़रूरत ही नहीं थी। हमारे रिश्ते को सुचारू रूप से चलाने के लिए सिर्फ़ दो शब्दों की दरकार थी: एक तो अंचित मुझसे ये कहे कि "मैं तेरा हूँ" और दूसरा वह मेरे ऊपर कभी अविश्वास न करें।

क्या अंचित आपके साथ कोई धोखा कर रहा था? मैंने बेहद विनम्र आवाज में पूछा।

वह हंसने लगी और बोली, "यहाँ रोशनी बहुत है, कभी अंधेरे में बात करूंगी।"

मैंने देखा कि बाहर तेज सूरज चमक रहा था और मन में आया कि सूरज को पकड़कर बुझा दूँ। लेकिन तब तक वह खुद ही जवाब देने लगी, "आप कौनसे धोखे की बात कर रहे?"

मैंने स्पष्ट करते हुए कहा, मेरा मतलब यह है कि क्या अंचित का किसी दूसरी महिला के साथ अफेयर था?

यह दावा तो मैं नहीं कर सकती, लेकिन उसका मेरे प्रति स्वभाव काफी बदल चुका था। इसे आप स्वभाव का धोखा कह सकते हैं।

मैं चुप रहा, किन्तु वह बोलते चली गई कि इतना पता है कि जीवन का समय हमेशा आगे नहीं चलता। कई बार पीछे-पीछे भी चलता है, जैसे चलते हुए हाथ से कोई चीज़ गिर पड़ी हो, बड़ी दूर निकल जाने के बाद उसे उस चीज़ की याद आती हो, फिर वह उसे खोजने के लिए पीछे चल पड़ता हो। कई बार मैं भी अपनी उमंगें, अपना यौवन और अपने सपने खोजने पीछे चल

पड़ती हूँ, लेकिन बहुत खोजने के बाद याद आता है कि वो तो मैं कब की खो चुकी हूँ, अब कहाँ वो सब वापस मिलेगा।

अपनी बात खत्म करते-करते उसने कहा, "लगता है बारिश बंद हो गई, अब मुझे चलना चाहिए।" उसने पास में सूख रही अपनी साड़ी से अपने गाल को हल्का सा छुआ, जैसे साड़ी का गीलापन चेक कर रही हो। फिर खुद ही गर्दन हिलाई और कपड़े बदलकर चली गई।

(14)

साँझ हो चली थी, मेरा मन अभी भी उसकी बातों के आस-पास घूम रहा था। दीवारें मौन थीं, जैसे उनका बस चले तो हाथ आगे बढ़ाकर मेरी खामोशी को बाहर ले आएं। दीवारें तो मेरी खामोशी को बाहर नहीं ला सकीं, किंतु फ़ोन की रिंगटोन ज़रूर मेरी खामोशी को बाहर ले आई। दरअसल, यह कॉल देश की प्रतिष्ठित यूनिवर्सिटी की एक छात्रा की कॉल थी। कोई ज़्यादा निकट का संबंध मेरा उससे नहीं था, हाँ कभी-कभी हमारी बात हो जाती थी। बातों में कभी जातिवाद, कभी समकालीन राजनीति, तो कभी नारीवाद या भारतीय दर्शन के विषय मुख्य होते थे।

आज उसकी कॉल रिसीव करते ही "मैं" उसे चेतना के बीते अतीत की कहानी सुनाने बैठ गया, कि आखिर कैसे एक लड़की चिड़िया की तरह जीवन जीती है, खुद को कितना बचाती हुई आगे बढ़ती है। हौसला नहीं हारती, वह पति के अत्याचार से पीड़ित हुई, घर छोड़ा और आज कैसे एक महलनुमा घर में अपने सम्मान के साथ जीवन जी रही है।

उसने पूरी कहानी सुनी और धीरे से बोली, "शायद वो आपसे बहुत कुछ छिपा रही है।"

"मुझे" उसकी यह बात अजीब लगी। मुझे ऐसा लगा जैसे वह चेतना पर प्रश्नचिन्ह उठा रही है। "मैं" जितना जोर देकर इसे सत्य साबित करने की कोशिश करता, वह उतने ही सवाल उठा देती।

अंत में "मैंने," उससे जोर देकर पूछा, "आखिर तुम कैसे कह सकती हो कि चेतना झूठ बोल रही है?" उसका जवाब था, "क्योंकि मैं भी एक महिला हूँ, और मैं जानती हूँ कि जीवन गृहस्थ जीवन के युद्ध में मेरे पांव नहीं टिके हैं, किंतु मैं एक स्त्री के मन को अच्छी तरह से समझ सकती हूँ।

आप कहानी लिखने से पहले भगवती चरण की इस बात को स्वीकार करो कि स्त्री भी एक इंसान है, और शायद इंसान होने के नाते वह भी झूठ, फरेब और धोखे से अलग नहीं रह पाती है। हमारा सामाजिक जीवन भी एक तरह का व्यापार है, आर्थिक नहीं, कम से कम भावनात्मक व्यापार तो है ही। यद्यपि यह अर्थ हमारे अस्तित्व के साथ चिपक गया है, लेकिन इस भावना को हम मुक्त नहीं रख पाते। इस भावनात्मक व्यापार में माल नहीं बेचा जाता, बस खरीदा जाता है। इसलिए, हमारे अंदर झूठ की इस परंपरा को तोड़ सकने की शक्ति नहीं है, खासकर उस जमाने में जब हर कोई खुद को सही और सच्चा साबित करने में लगा है। फिर भी, हम महिलाएं इस सामाजिक शिष्टाचार को निभाने के लिए निकल पड़ती हैं। हमारी जिंदगी एक फ्रेम में कैद है, न उस फ्रेम से पांव बाहर निकाल सकती हैं, न जुबान के बस हम सुनती हैं, गुनती हैं और अपनी राय रख देती हैं। वह भी अपने अतीत के फ्रेम से कुछ अर्धसत्य लेकर आई है, क्योंकि पूर्ण सत्य के साथ तो जीवन नहीं जीया जा सकता।

मैंने कहा, शायद आप नारी होकर नारीवाद की विरोधी हो चली हों!

वह जोर से हँसी जैसे मेरा सवाल उसके नैतिक ज्ञान के ऊपर प्रश्नचिन्ह लगा रहा हो। फिर शांत होकर बोली- शायद आप नारीवाद की कुछ भटकी हुई शाखाओं से निकलकर आए हों। जब मैं किसी लड़की या महिला के मुंह से यह सुनती हूँ कि "हम किसी से कम नहीं," तब सोचती हूँ कि यह नारी के वास्तविक संभावनाओं को गति देने पर जोर कम और पुरुषों से प्रतियोगिता ज्यादा है।

अगर देखा जाए तो कहीं धुंधलाते रूप में यह नारी की स्थिति को सुधारने से ज्यादा नारी के अहम की लड़ाई बन चुकी है। मैं मानती हूँ कि इतिहास में पुरुषों द्वारा महिलाओं के प्रति असमानता हुई है, लेकिन इसका अर्थ यह तो नहीं कि अब उसका प्रतिशोध लेकर आगे बढ़ें। न आज वह

असमानता करने वाले पुरुष जीवित हैं और न असमानता से पीड़ित होने वाली नारी, तो फिर आज यह कैसा प्रतिशोध? कैसा पुरुष विरोधी नारीवाद?

अब वह बोलते चली जा रही थी कि नारीवाद अपनी जगह सही है, लेकिन जब नारी पुरुष जैसी बन जाएगी, फिर नारी कहां रह जाएगी? अगर ऐसा हुआ तो संसार से नारीत्व की कमी होने लगेगी। नारीत्व प्रकृति की एक अनोखी और सुन्दर रचना है। किन्तु यह सुन्दर रचना जब तक है, तब तक नारी सिर्फ नारी रहे। मुझे समझ नहीं आता, वह आज पुरुषों जैसे कपड़े पहनने लगी है। हो सकता है, वह कपड़े पहनकर खुद को पुरुष जैसा दिखाना चाहती हो? स्वतंत्रता, सशक्तिकरण समेत कई नारे चल पड़े हैं, जो नारी को पुरुष बनाने पर तुले हैं। इससे कुछ लोगों का मनोरथ तो पूरा हो जाएगा, लेकिन समाज में जो विस्फोट होगा, वह पूरी सामाजिक व्यवस्था को हिला डालेगा।

घर छोड़कर भागना, स्वतंत्रता के नाम पर अय्यासी करना कौन सा नारीवाद है? अगर नारीवाद दिखाना है, तो घर जोड़कर, परिवार के बीच रिश्ते निभाकर आगे बढ़ना ही असली नारीवाद है। किन्तु आज आधुनिक नारीवाद के इस पाखंड में न जाने कितने घर टूट रहे हैं, पचास फीसदी विवाह टूटकर तलाक में बदल रहे हैं। और आंकड़ा दिन प्रतिदिन बढ़ता चला जा रहा है।

ये सच है कि कुछ जगह नारी आज भी शोषित है, किन्तु अगर घर-घर जाकर औसत निकाले, तो आधुनिक नारीवाद के नाम पर शोषित पुरुषों की संख्या भी कम निकलकर नहीं आएगी।

आज नारीवाद की छाँव में कुछ समूह ऐसे भी मजे ले रहे हैं। ये ऐसे हैं जैसे कोई अमीर इंसान गरीबी रेखा की लाइन में लगे नकली कार्ड लेकर राशन ले रहा हो। ये वो लोग हैं जो भूत और वर्तमान में स्त्रियों पर हुए अत्याचार को बेचकर अपने लिए पैसा और प्रसिद्धि खरीद रहे हैं। आजकल मध्यम वर्ग की युवा होती लड़कियां जब शिक्षा, खेल और स्वास्थ्य जगत में प्रसिद्ध महिलाओं की सफलता के तर्क देकर जब हॉस्टल पहुंचती हैं, तब

अपने पुरुष मित्र को फोन पर कहती हैं, "यार, मेरा इस महीने का किराया दे देगा क्या?" और फिर लैपटॉप पर मूवी चला कर बैठ जाती हैं। इन्हें नारी की स्थिति से कोई मतलब नहीं है। इन्हें नारी के दुखों पर बस अपनी मौज और मस्ती करनी है तथा महान नारियों की प्रसिद्धि के तर्कों के साथ परिवार और समाज को चुप करा देना है।

यह सब बात वह भले ही फोन पर कह रही थी, लेकिन उसके शब्द मेरे कान पर हथौड़े की तरह पड़ रहे थे। मुझमें अब और अधिक सुनने का सामर्थ्य समाप्त हो चुका था, इस कारण मैंने बहाना बना दिया कि हम बाद में बात करें, आज मुझे कुछ जरूरी काम हैं। फोन डिस्कनेक्ट हो गया और मैं अपने रोज़मर्रा के दैनिक कार्यों में व्यस्त हो गया।

हालाँकि, उसका एक वाक्य मुझे कई दिनों तक परेशान करता रहा था और वह यह था कि भावनाओं में भटककर कलम के साथ कोई अन्याय न करें। इसलिए जब कहानी सुनें, तो भावनाओं के साथ दिमाग का भी प्रयोग करें।

क्या ऐसा हो सकता है कि चेतना झूठ बोल रही हो! लेकिन वह झूठ क्यों बोलेगी? "मैं" कौन सा उसे कोई पुरस्कार देने वाला हूँ, ऐसे-ऐसे ना जाने कितने विचार मेरे मन में, कई दिनों तक चलते रहे।

पूरे एक हफ्ते बाद चेतना की कॉल आई थी। "मैंने" फोन रिसीव करते ही सामान्य शिष्टाचार निभाते हुए "नमस्ते" से अभिवादन किया। उसने भी कुछ इसी अंदाज में जवाब दिया।

अब "मैंने" पूछ लिया, "बड़े दिनों बाद कॉल की, क्या किया इतने दिन?"

चेतना ने भी एक उल्हाने भरे अंदाज में कहा, "सही कह रहे हो, जैसे आपकी तो रोज कॉल मेरे पास आती थी।" मैंने इस सवाल का कोई जवाब नहीं दिया।

"मैं" चुप हो गया, लेकिन वह हँस पड़ी। आज फिर उसकी हँसी में वही खुलापन था। "जब मेरी कहानी आगे बढ़ेगी, तब तुम्हें खुद ही पता चल जाएगा," अभी तक आपने एक पन्ना पढ़ा, अभी तो पूरी किताब बाकी है।

यह सब सुनकर, मेरे अंदर और अधिक उथल-पुथल होने लगी। और एक अजीब सा डर भी पैदा होने लगा। हम दोनों अब खामोश थे, जैसे सड़कें एक ही जगह पर खड़ी होकर चलती रहती हैं। हम मौन थे और समय बीत रहा था।

अंत में इस ख़ामोशी को तोड़ते हुए चेतना बोली, "सपनों की दीवारें बनती हैं, मिटती हैं और अंत में उनके बीच खंडहरों की सी खामोशी का ढेर लग जाता है। कोई बंधन नहीं था जो तोड़ा जा सके, फिर भी बंधन महसूस होता था। उम्र के तपते दिनों में भी मानों ठंडक का अहसास किया हो, हर एक दिन पेड़ के पत्तों की तरह हो गए थे, जैसे एक निश्चित दायरे में हिलना हो।" ये कहते-कहते वह फिर मौन हो गई।

मुझे उसका यह असमय दर्शन समझ नहीं आ रहा था, फिर भी मैंने खामोशी तोड़कर पूछा, "आगे क्या हुआ?"

उसने एक लंबी सांस लेते हुए कहा, "मैं भी पता नहीं जीवन के किस दर्शन में चली जाती हूँ। खैर, हम कहाँ थे उस दिन?"

मैंने कहा, "कमरे में थे, बाहर बारिश थी।"

"अरे, स्थान नहीं, कहानी में?" उसने हँसते हुए पूछा।

मैंने उसे याद दिलाते हुए बताया कि आपके बीच झगड़ा बढ़ रहा था।

"हाँ," शायद यही था, एक लंबी साँस लेने के बाद बोली। उसने जो कुछ किया था, वह मैंने तुम्हें बता दिया था, पर अब तकरार रोज़ बढ़ रही थी। घर में कलह बढ़ रही थी। इसी बीच मुझे लगा कि मैं "माँ" बनने वाली हूँ, मैं हर रोज़ पार्लर जाती, शाम को आती तो खूब सुनने को मिलता। कभी सास तो कभी जेठानी, जब इनका मन भर जाता, तब अंचित भी अपनी खूब भड़ास

निकालता। इसी बीच अक्सर मेरी सास अंचित से कहती, "तू फ़िक्र मत कर बेटा। थोड़े दिनों में मैं इसे पटरी पर ले आऊँगी।" मुझे नहीं पता वो कौनसी पटरी थी, लेकिन इतना पता था कि मुझे वहाँ अपने सपनों को दफ़न करके जीना था और उनके अनुरूप चलना था। इसी कलह के बीच मैंने एक बेटी को जन्म दिया। मेरी आशाओं का संसार आगे बढ़ रहा था।

धीरे-धीरे समय आगे बढ़ता है। बाईस साल की लड़की अब उनतीस की होने वाली थी। वह लड़की जो छोटी थी, गुड़िया थी, बड़ी हो गई और बेटी बन गई, शादी कर ली, बहु बन गई और अब वह मां भी बन चुकी थी। अंचित के साथ खुश रहने का मेरा सपना टूट चुका था। और जब एक सपना टूटता है, उसके साथ-साथ बहुत कुछ है जो टूट जाता है। ढेर सारी उम्मीदें टूट जाती हैं। खुद की छवि टूट जाती है। लोगों को देखने का नजरिया टूट जाता है। सबसे बड़ी बात, हमारा आत्मविश्वास टूट जाता है।

मेरा भी आत्मविश्वास टूट चुका था। अब मेरे सामने समस्या मन को चुप रखने की थी। सास के अलग से ताने, अंचित की जली-कटी बातें मुझे विष में बुझे तीर की भांति लगती थीं। दिल और दिमाग में हर पल एक जंग चलती रहती थी। यह दर्द मुझे एक शून्य में ले जा रहा था। और उस शून्य को भरने के लिए मेरे पास विकल्प क्या थे? यही कि या तो इस अवसाद से खुद को नष्ट कर लिया जाए, या अपनी कमी तलाश कर खुद को मजबूत बना लिया जाए?

कुछ भी हो, अब मैं पहले जैसी नहीं रही थी। मेरे इस सपने का टूटना किसी लकड़ी से कील निकालने जैसा था। कील अपने निशान लकड़ी पर छोड़ जाती है और वह लकड़ी कभी भी पहले जैसी नहीं रह जाती है।

मेरे जीवन की रफ्तार बढ़ चली थी, मुझे खुद को फिर से साबित करना था। मैं अकेली पड़ चुकी थी। इन दिनों नायरा भी अपने पति के ट्रांसफर के साथ देहरादून चली गई थी। वहां जाकर उसने अपना नया ब्यूटी पार्लर खोल लिया था। इधर मैंने ऑनलाइन योग की क्लास अटेंड की, जहाँ तैयारी करने

वाले काफी युवा थे। इतना कहकर चेतना ने बात बदल दी और एक अलग किस्सा सुनाने लगी।

वो किस्सा था उसकी बड़ी बहन का, जो अपने ससुराल में बेहद खुश थी। उसकी ससुराल में उसका और उसके परिवार का सम्मान था। जहां चेतना का भाई चेतना के पास साल में एक या दो बार आता, वहीं वो अपनी बड़ी बहन की ससुराल में महीने में एक चक्कर जरूर लगा आता।

वो बोलते जा रही थी, किंतु उसकी बहन के किस्से में मेरी दिलचस्पी नहीं थी। मेरे जेहन में यूनिवर्सिटी की छात्रा का सवाल गूंज रहा था कि सच की तलाश करो। यह सोचते हुए मैंने उसे बीच में ही रोककर पूछ लिया, "आपकी कहानी में आगे क्या हुआ?"

उसने कहा, "फिर कभी!!"

जो सवाल "मैं" हमेशा मन में दबाकर रखता रहा, आज वो सवाल अचानक मेरे अंदर कुलाचे मारने लगा। मैंने थोड़ी हिम्मत करके पूछ लिया... क्या आप दोनों के रिश्ते के बीच कोई तीसरा भी था?

जवाब एक हाँ या ना पर सिमट सकता था। किन्तु यह प्रश्न इतना बड़ा बवाल खड़ा करेगा, मैंने सोचा भी नहीं था। उसकी धीमी आवाज यकायक चिल्लाहट में बदल गई, उस चिल्लाहट के शोर में मेरे लिए अपशब्द थे। आरोप थे, गालियाँ थीं और धमकी थी। धमकी थी मुझे तबाह करने की, धमकी थी मेरा करियर बर्बाद करने की।

थोड़े समय पहले, जहाँ मैं चेतना को एक अबला नारी समझ रहा था, उसके ये शब्द मेरे लिए अकल्पनीय थे। मैं बेहद डर गया था। लेकिन जब तक मैं अपनी सफाई में कुछ नहीं बोलता, वह मुझे कॉल और व्हाट्सएप दोनों जगह ब्लॉक कर चुकी थी। अब मैं बेहद डर गया था। मुझे अपने प्रश्न से अधिक खुद पर गुस्सा आ रहा था। लेकिन मन पता नहीं क्यों किसी अनहोनी से डर गया।

ऐसा होते-होते रात के करीब ग्यारह बज गए थे। मैंने सोचा, क्यों न अपने उस प्रश्न के लिए माफी मांग ली जाए। ऐसा सोचकर मैंने अपना एक दूसरा फोन उठाया, जिसका नंबर चेतना के पास नहीं था। फोन की रिंग तो हुई, लेकिन कॉल रिसीव नहीं हुई। अब मैंने अपने नाम के साथ एक मैसेज भेजा।

"चेतना जी, सॉरी, मैं बस ऐसे ही वो प्रश्न पूछ लिया था। मेरा कोई गलत इंटेंशन नहीं था।" लेकिन इस मैसेज का घंटों कोई रिप्लाई नहीं आया, तो मेरा डर अधिक बढ़ गया।

मेरा यह डर हर एक वो इंसान समझ सकता है, जो सम्मान के साथ जीना चाहता है या जो बाहरी दुनिया से अधिक अपनी आंतरिक दुनिया में खुशी-खुशी निवास करता है।

करीब डेढ़ घंटे बाद मेरे नए नंबर पर उसकी वापस कॉल आई। मुझे लगा कि शायद वह अब थोड़ा पहले अंदाज में बात करेगी या अपने कहे अपशब्दों के लिए माफी मांगेगी। हिदायत देगी कि आगे कोई ऐसा सवाल न पूछें। किंतु जैसे ही मैंने कॉल रिसीव की, मेरे कानों में एक अपरिचित पुरुष की आवाज़ सुनाई दी, जो मुझे अपशब्दों के साथ हिदायत दे रहा था। साथ वह भी वही धमकी दोहरा रहा था जो दिन में चेतना ने मुझे दी थी।

फोन डिस्कनेक्ट हो गया। जो डर मेरे अंदर पहले था, वह अब दुगुना बढ़ चुका था। आखिरकार, इस समय इसके साथ यह व्यक्ति कौन है, यह तो अकेली रहती है। डर और सोच के बारे में एक कहावत है कि हमारे आस-पास कोई ऐसी दवा नहीं होती है जो डराने वाली याददाश्त को बदल सके। इसका इलाज सिर्फ समय होता है, कई बार सही तो कई बार गलत...

मैं भी एक अनजाने डर के साथ-साथ समय का इंतजार करने लगा। आने वाले खतरे का सामना करने के लिए समाधान खोजने लगा। मेरी भूख लगभग समाप्त हो चुकी थी। मैं सिर्फ उतना ही खाता था जितने से जीवित रह सकता था।

"मैंने" अपनी फोन मेमोरी से उसका नंबर डिलीट कर दिया था। लेकिन मानसिक रूप से उसकी धमकी डिलीट नहीं कर सका। कुछ पल भूलने की कोशिश करता, पर अचानक उसकी धमकी के शब्द याद आ जाते जो मेरे भावनात्मक मेमोरी सिस्टम को एक्टिवेट कर देते और किसी अनजानी अनहोनी आशंका से मेरा सर्वाइवल सिस्टम हरकत में आ जाता, जिसे मनोविज्ञान की भाषा में सिंगल ट्रायल मेमोरी कहते हैं।

मैं नींद की दवा लेने लगा, डर कभी कम तो कभी ज्यादा हो जाता। यह सब पहले हफ्तों से फिर महीनों से अधिक चला। मेरी चिंता मेरे मस्तिष्क में जाम में फंसी गाड़ी की तरह हर समय मुझे डर का हॉर्न देती रहती थी। जब-जब मेरे अंदर यह डर बेहद बढ़ जाता, तब-तब मुझे लगता घर में जैसे टॉयलेट होता है, ऐसे एक "डरलेट" भी होना चाहिए जहाँ खड़े होकर वह अपना डर निकाल ले, और कोई एक जंजीर खींचकर सारा डर बहा दे, लेकिन ऐसा नहीं होता। शरीर पर लगे घाव घंटों दर्द दे सकते हैं, उन घावों को भरने में कुछ दिन लग सकते हैं। किन्तु मन पर लगा घाव जीवन भर नहीं भर पाता। कोई भी इंसान चाहकर भी किसी बड़े से बड़े हकीम या डॉक्टर को उस घाव को दिखा नहीं सकता, सिर्फ उसकी पीड़ा की अग्नि में रात-दिन अकेला जल सकता है। कई इंसान डर जाते हैं, कई हतोत्साहित हो जाते हैं, लेकिन समय एक ऐसी चीज है जो अनेकों मौकों पर मन के घाव को भर जाता है। समय के साथ मेरा सवाल अब मेरा पछतावा बन चुका था। मेरे मन में यही ख्याल अक्सर आता था कि काश उस दिन "मैं" वह सवाल नहीं पूछता।

(15)

उन दिनों देश भर में कोरोना वायरस का संक्रमण चल रहा था। कोरोना महामारी के कारण लॉकडाउन की घोषणा की गई थी। इस दौरान जो लोग जहां थे, वहीं फंस गए। कोई अपने मां-बाप से दूर था तो कोई अपने बच्चे से दूर था। अचानक लॉकडाउन की घोषणा और बीमारी के संक्रमण ने लोगों के दिलों में खौफ पैदा कर दिया था। अचानक रात मेरे निवास स्थान से चार मकान छोड़कर एक तीस वर्ष के युवा की कोरोना से मौत हो गई थी। रात का समय था, परिवार के दो लोग उसकी लाश को रेहड़े पर रखकर गली बाहर ले जा रहे थे। घर में दो स्त्रियाँ रो रही थीं। उनकी रुलाई सुनकर लोग खिड़की और दरवाजों से बाहर झाँके, लेकिन कोई संवेदना नहीं जागी। लोगों ने तुरंत अपने दरवाजे और खिड़कियाँ बंद कर लिए।

यह साफ हो चला था कि कोरोना ने मनुष्य की संवेदना को अदृश्य कर दिया है और इसने वर्चुअल सच्चाई और वर्चुअल दुनिया का बहुगुणित विस्तार कर लिया है। इस भय ने लोगों को उस मुकाम पर पहुँचा दिया था जहाँ हम एक-दूसरे से डरने लगे थे या कहो, एक-दूसरे को एक-दूसरे के लिए बायोलॉजिकल बम के रूप में देखना और समझना शुरू कर दिया था।

रात के करीब एक बजे एक अजनबी नंबर से एक कॉल आई। मैंने सोचा कि हो सकता है यह कार्यालय के किसी साथी का नंबर है। ऐसा सोचकर मैंने कॉल रिसीव की, लेकिन यह क्या, दूसरी ओर से मुझे चेतना की आवाज सुनाई दी। वह रो रही थी, उसकी इस तरह से रुलाई को मैं समझ नहीं पा रहा था। न मेरे अंदर इतनी हिम्मत थी कि अब इससे कोई सवाल किया जाए।

मुझे लगा शायद हो सकता है कोरोना के कारण इसका भी कोई परिचित दुनिया तो नहीं छोड़ गया, या फिर कोई अत्यधिक पीड़ित हो, मन में कई

सवाल कोंधे किंतु "मैं" चुप रहा। वह रोते-रोते बोलने लगी, "इंसान मतलबी होता है, धोखेबाज होता है। जिसके लिए मैंने अपना सब कुछ त्याग दिया, वह 'लड़का' अब मुझे छोड़कर किसी और दूसरी महिला से शादी कर रहा है।"

उसके ये शब्द सुनकर महीनों पहले के अपशब्द और धमकी मैं एक पल के लिए सब कुछ भूल गया। लेकिन इस बार "मैंने" कोई सवाल नहीं किया क्योंकि आज उत्तर स्वयं ही मेरे पास आ रहा था। आज वह रोते-रोते जो कुछ बता रही थी, उसमें प्रेम भी था और धोखा भी। क्या यह धोखा अंचित के साथ कहा जाए या इसके साथ?

वह खुद ही बताने लगी कि जिस दौरान वह खुद को अवसाद और अकेलेपन में पा रही थी, तब उसकी यह नई प्रेम कहानी एक योग की किसी क्लास से शुरू हुई थी, जो दिन पर दिन परवान चढ़ रही थी। अपने घर जाने के बहाने उससे मिलने जाती थी। वह भूल गई थी कि वह एक शादीशुदा महिला है, जिसका एक बच्चा, पति और सास-ससुर है। उसका पति और सास-ससुर उसकी जिंदगी अपने कंट्रोल में करना चाहते थे। उसने कहा, "मुझे ऐसा लगता था, जैसे मैं जेल में बंद हूं।" वह मेरी हर एक हरकत पर नजर रखने लगे थे। वह रोते-रोते आज अपनी शादीशुदा जिंदगी की नहीं बल्कि अपनी एक प्रेम कहानी का अंत बता रही थी।

"मैं" इतना अनुमान लगा चुका था कि शायद उस दौरान चेतना को अंचित के सपनों में रुचि नहीं रही होगी। अब वह किसी दूसरे के सपनों में उलझ चुकी होगी। वह सपने प्रेम के थे, वह सपने सम्मान के थे, वह सपने उसके राजसी शोक पूरे करने या साथ में दुनिया घूमने के थे, वह सपने दुल्हन के लिबास में उसके आलीशान घर में कदम रखने के थे।

जहां मन करता है, काश! ये पल, ये क्षण, ये लम्हा यहीं ठहर जाए। यही तो वह पल हैं जिनके लिए दुनिया की सारी जद्दोजहद झेल लेती हूँ। तुम मुझे भूल तो नहीं जाओगे! अब जिंदगी सिर्फ तुम्हारी है, दिल की हर धड़कन में

तुम हो। मेरे रोम-रोम में समा जाओ। शायद उस लड़के के दिखाए इन्हीं वादों और सपनों की अभिलाषा में चेतना मन ही मन अंचित से दूर जा चुकी होगी। उसका तन सिर्फ अंचित के साथ रहा होगा, लेकिन मन से वह अंचित से दूर जा चुकी होगी। जरूर ऐसे माहौल में अक्सर वाक्य युद्ध चलते रहते होंगे और वह उसे दिन-प्रतिदिन अंचित से दूर कर रहे होंगे!

यह सब कुछ "मैं" सोच रहा था, वह रोते-रोते बोल रही थी। जैसे वह आज कह रही हो, किसी "मैं" उसे हमेशा की तरह आज भी दिलासा दूँ नहीं, चेतना सब ठीक होगा। थोड़ी देर बाद वह चुप हो चुकी थी, अब बारी मेरे बोलने की थी। वह किसी एक को धोखा देकर और दूसरे से धोखा खाने वाली लड़की थी, जिसे "मैं" चाहकर भी अपराधी नहीं कह सकता, अर्थात "मैंने" उसे अपने शब्दों में पीड़ित ही समझा।

मैंने कहा, "जीवन बहुत लंबा है, शायद एक दिन सब ठीक हो जाए। हालात का सामना करो। तुम मजबूत लड़की हो।" मुझे तुम्हारी बात सुनकर बेहद दुःख हुआ, यानि एक डिप्लोमैटिक सा जवाब देकर "मैं" शांत हुआ ही था। उसने सिसकते-सिसकते कॉल को डिस्कनेक्ट कर दिया।

आधी रात का समय था जब दुनिया सो रही थी। "मैं" उठकर कुर्सी पर बैठ गया। आज से कई महीने पहले मुझे धमकी का डर कम महसूस हो रहा था। आज मुझे काफी समय पहले यूनिवर्सिटी की उस छात्रा की कॉल के बारे में सोचने का वक्त मिला। जब उसने मुझे जोर देकर कहा था कि चेतना की इस कहानी में कुछ छिपा है जिसे वह बता नहीं रही है। हालांकि, यह उसका पक्ष था। जबकि मानवीय स्वभाव यह है कि हम अक्सर एक पक्ष के प्रति झुकाव रखते हैं या फिर जो कमजोर होता है, उसके प्रति लगाव रखते हैं। इसलिए फैसला लेने में सहानुभूति बरत लेते हैं।

लेकिन सच यह है कि अगर हम कोई फैसला करते समय दोनों पक्षों की नहीं सुनते, तो हमें बाद में पछताना पड़ सकता है। जब भी आप न्यायाधीश की भूमिका में हों, चाहे आप एक पक्ष के लिए कितनी भी सहानुभूति महसूस करें, आपको दूसरे पक्ष की बात सुने बिना कोई फैसला नहीं सुनाना चाहिए।

यहां तक कि मैं यह समझ चुका था कि इस किस्से में जो कुछ बाकी है, उसे जानना है और इसका अंत मुझे चेतना के ही मुंह से सुनना है। मैं यह भी जान चुका था कि अंत जानने तक मुझे चेतना के सामने उसे ही पीड़ित, शोषित और पति द्वारा सताई गई महिला समझना होगा।

कहते हैं, बात जब शुरू होती है, तब वह कोई खास बात नहीं होती। लेकिन जब बात में से बात निकलती है, तब खास बात बनती है। नई बातें सामने आती हैं और मन की धारणा बदलने लगती है और हमारे मन के भ्रम तोड़ने लगती हैं।

चेतना से अब मुझे एक अजीब सी नफरत होने लगी थी। एक तरफ जहाँ वह खुद को महान बताती, समाज और संस्कार की बात करती, दूसरी तरफ वह अपना जीवन दूसरे तरीके से जी रही थी, जिसमें वह समाज के सामने खुद को अबला दर्शाती, लेकिन समाज के पीछे उसका एक अलग जीवन था।

उसकी बातों से कभी लगता जैसे आज उसे एक पुरुष की जरूरत है, कभी लगता था नहीं, पुरुष का अब उसके जीवन में कोई अर्थ नहीं है। कभी लगता, उसे एक प्रेमी की तलाश है, कभी लगता, प्रेम तो उसने करके देख लिया। कभी लगता, उसे पैसा, नाम और शोहरत चाहिए ताकि वह सबको दिखा सके कि अपना सपना पूरा करने के लिए उसका फैसला सही था।

अब वह लगातार अपनी व्हाट्सएप्प प्रोफाइल बदलती रहती है। कभी लगता है किसी का इंतजार हो, कभी लगता है नहीं, वह अपने जीवन से

बेहद खुश है। ये भावनाओं का एक ऐसा जाल था जिसमें "मैं" पूरी तरह से उलझ चुका था। जैसे कोई किला चारों दिशाओं से घिरा हो और किले के अंदर जमा लोग खुद को बेबस सा महसूस कर रहे हों। ठीक यही हालत मेरी थी।

(16)

मेरे जीवन बदल चुका था। मुझे अब कभी-कभी उसकी याद आती थी। ऐसा होते-होते कई महीने बीत गए। अब मुझे लगने लगा कि शायद उसकी कॉल कभी नहीं आएगी। मेरा अपना रूटीन कार्य चलता रहा। इसके बाद न उसकी कोई कॉल आई, न मैंने की। इन बातों को छह महीने बीत चुके थे। मैं सुबह कोई सात बजे घर से ऑफिस के लिए निकल रहा था। बीच रास्ते मेरे फोन की रिंग घनघनाई। एक बार सोचा ऑफिस जाकर ही देखूंगा, लेकिन बार-बार रिंग हुई तो मैंने कॉल रिसीव की। कोई हाय-हेलो की औपचारिकता नहीं थी। सीधा मेरे हेलो करते ही चेतना ने कहा, "मुझसे आपसे मिलना है।"

मैंने पूछा, कब?

चेतना ने कहा, "आज ही।"

क्या आप दिल्ली में हो?

हाँ, मैं कल रात दिल्ली आ गई थी।

मैंने कहा, ठीक है। थोड़ी देर बाद ऑफिस पहुंचकर आपसे इस बारे में बात करूंगा। इतना कहकर मैंने कॉल डिस्कनेक्ट कर दिया।

करीब बीस मिनट बाद मैं अपने ऑफिस पहुंचा। आज मेरे दो मन थे। एक तो जाने दे, मुझे उसके किसी मामले में नहीं पड़ना और दूसरा मन था कि एक बार पूछ लिया जाए, आखिर क्यों और किस कारण मिलना है? मैं समझ नहीं पा रहा था किस मन की बात को सुना जाए और किस बात को नजरअंदाज किया जाए।

काफी देर सोचने के बाद अंत में मैंने दूसरे मन की बात मानी। "मैंने" फोन मिलाया, दूसरी ही बेल पर चेतना ने कॉल रिसीव की, "मैंने" सीधा पूछा, "हाँ बोलो, क्यों मिलना है?"

मेरी आवाज में जितना गुस्सा था, उसकी आवाज में आज उतनी ही नरमी थी। उसने मेरे लहजे को नजरअंदाज करते हुए कहा, "बस आपसे मिलना है, मुझे इस समय दिलासा की बेहद जरूरत है। एक इंसान ही इंसान के काम आता है। आप मुझे बेहतर तरीके से समझ सकते हैं" और अंत में कहा, "आपका एहसान होगा।"

मैंने कहा, "देखिए, मेरे अंदर की दिलासा अब मर चुकी है। ना मुझे आपकी इस कहानी में कोई रुचि है और ना आपके जीवन में। अब इसको यही अंत करो! मैं काफी भुगत चुका हूँ।"

"प्लीज, मैं आज बहुत दुखी हूँ और मेरा आपसे मिलने का बहुत मन भी है। मानती हूँ, मैंने आपके साथ बुरा व्यवहार किया, आपको प्रताड़ित किया, धमकी दी और दिलवाई भी। लेकिन आज मैं आपसे हाथ जोड़कर विनती कर रही हूँ, प्लीज समझिए, वो मेरी भूल थी।" उसके इन शब्दों में विनम्रता के साथ मेरे प्रति सम्मान भी था।

मनुष्य की सभ्यता में सम्मान सबसे प्राचीन और नुकीला हथियार रहा है। इस हथियार से इंसान तो क्या, देवताओं तक को भी प्रसन्न होते हमने सुना है। "मैं" तो फिर भी एक अदना सा इंसान हूँ। इस कारण पिछली सभी धमकियों और अपशब्दों को भूलकर मेरा मन एक बार फिर पिघल गया।

मैंने कहा, "ठीक है, बताओ कहाँ मिलना है?"

उसने पूछा, "कश्मीरी गेट मिल सकते हैं?"

"मैंने" कहा, "ठीक है, मैं आपसे अंतिम बार मिलूँगा।"

करीब एक घंटे बाद कश्मीरी गेट पर, एक खाली जगह पेड़ के नीचे... थोड़ी देर शांत बैठे रहे, इसके बाद मैंने चेतना से पूछा, "बताइए, क्या बात है?"

वो मौन रही, कभी रोने लगती, कभी इधर-उधर की बात करने लगती। वहां काफी भीड़ थी। एकाएक उसने पूछा, "क्या हम कहीं शांत जगह चल सकते हैं?"

मैंने कोई जवाब देना जरूरी नहीं समझा, क्योंकि मैं बस इंसानियत के लिहाज से मिलने आया था। उसने मेरे मौन को ताड़ते हुए कहा, "लगता है आप पिछली बातों को दिल से लगाए बैठे हैं? चलो राजघाट चलते हैं। बापू की समाधि की कसम खाकर कहती हूँ, ना आज झूठ बोलूंगी, ना कुछ छिपाऊँगी।"

वहां से हम राजघाट आ गए और एक खाली जगह पर बैठ गए। मैं वहां उगी हुई घास को निहार रहा था और वह सामने से गुजरते लोगों को देख रही थी। फिर अचानक उसने मेरी ओर देखकर पूछा, "क्या उस दिन की घटना के बाद अब मेरी कहानी में आपकी दिलचस्पी खत्म हो चुकी है?"

"मैंने" कहा, "ऐसा नहीं है। लेकिन मैं कुछ पूछना चाहता हूँ। बीच में अगर मैं कोई सवाल पूछता हूँ तो आप नाराज हो जाती हैं, तो बेहतर है कि आगे न सुनी जाए!"

"अगर मैं खुद ही आगे की कहानी बताऊँ तो?" यह कहते हुए उसकी आँखों में आंसू आ गए।

"मैंने" दबी जुबान से कहा, "ठीक है, आप बता सकती हैं!"

उसने कहा, "ठीक है," और फिर मुझसे पूछा, "कहानी में हम उस दिन कहाँ थे?"

मैंने जवाब दिया, "हम नहीं, आप थीं। और आप बता रही थीं कि जिसके लिए आपने सब कुछ छोड़ा, उसने किसी और से शादी कर ली!"

चेतना ने नजरें फेर लीं और कहा, "नहीं! वह मेरी कहानी का हिस्सा नहीं है। वह बस मेरी गलती का हिस्सा है। वो मुझे सपने दिखा रहा था। मैं देखती चली जा रही थी। कभी वो मुझे महंगी-महंगी गाड़ियों में घुमाने के वादे करता तो कभी अपनी रानी बनाकर रखने के। मैं उसके वादों में डूब चुकी थी। मुझे उसके अलावा कोई अच्छा नहीं लगता था।

मैं अब बात-बात पर अंचित पर चिल्ला उठती। अंचित को लगता था कि मेरे ऊपर किसी भूत-प्रेत का साया है। वो मुझे झाड़-फूंक के लिए चलने को कहता, मैं यह कहकर मुकर जाती कि मैं ठीक हूँ, बस मुझे अकेला छोड़ दो।

दिन पर दिन हमारे बीच झगड़ा अब बढ़ता ही चला जा रहा था। एक दिन अंचित ने मुझे रंगे हाथों पकड़ लिया, मैं वीडियो कॉल पर थी। उस दिन अंचित ने मेरा फोन तोड़ डाला था। मुझे बहुत चोट भी आई। इतना कहकर उसने अपनी आँख के ऊपर लगी चोट के निशान को मुझे दिखाते हुए कहा, "ये देखो, देवदास ने भी अपनी पारो को यही निशान दिया था।"

घाव दिखाने के बाद बोली- इस बीच अंचित दुबई चला गया। मैं फिर से एक दूसरे पार्लर पर काम करने जाने लगी। यद्यपि इसे लेकर घर में रोज विवाद होता था। अंचित मेरे पार्लर जाने से निराश और दुखी था, मगर मुझे एक संतोष था कि मेरे खिलाफ कोई सबूत उसके पास नहीं था। किंतु एक दुःख भी था, और वो यह था कि वही चीज थी जो मुझे उस लड़के से जोड़े रखती थी, आज वो भी टूट गई। लेकिन फोन के साथ जो सबसे बड़ी चीज टूटी, वो था अंचित का विश्वास, जो मेरे ऊपर से लगभग समाप्त हो चुका था। लेकिन मैंने चोरी-छिपे एक दूसरा छोटा सा फोन ले लिया था। इतना कहकर वो उठकर पानी की बोतल लेने चली गई।

मैं वही बैठा सोचता रह गया, क्योंकि आज मैं उसका यह रूप सुनकर दंग था। वैसे अभी तक मैंने उसके तीन ही रूप देखे थे। एक में वो हंसती थी, दूसरे में वो रोती थी, और तीसरा गुस्से वाला रूप। किंतु आज उसका यह

शातिर रूप देखकर मुझे एक बार फिर सोचने पर विवश कर रहा था कि अभी मुझे इसके कितने रूप और देखने हैं।

मैं सोच ही रहा था कि इतनी देर में चेतना पानी की बोतल हाथ में लिए आकर बैठ गई। कोई सवाल न करके वह बोलने लगी- "आपको पता है, शादी के लिए दो लोगों के बीच में अच्छी समझ और प्यार होना ही काफी नहीं है, बल्कि इस रिश्ते को चलाने के लिए बहुत सी छोटी-छोटी बातें भी शामिल होती हैं, जो जीवन भर साथ निभाने के लिए जरूरी हैं।" मैं अपने प्रेमी से जब मिली थी, तब हमने एक-दूसरे से अपनी लव स्टोरी शेयर की थी। मैंने उसे अपने और अंचित के प्रेम विवाह का किस्सा सुनाया था, तो उसने मुझे अपने ब्रेकअप का। इस बीच कब हम एक-दूसरे के प्यार में पड़ गए, पता नहीं चला। ऐसा लगने लगा जैसे हम दोनों हमेशा से एक-दूसरे के लिए परफेक्ट थे। मुझे खुद पर गुस्सा आने लगा था कि मैंने अंचित के साथ शादी क्यों की। कुछ दिन रुक जाती तो यह लड़का मिल जाता। मुझे जितना भी समय मिलता, मैं कभी किसी बहाने तो कभी किसी और बहाने उससे मिलती, उसके प्रेम के आगोश में समा जाती।

मेरी सास और जेठानी लगातार मेरी हर खबर अंचित को भेजती रहतीं। अंचित वहां से मुझे हर बार घर वाले फोन पर हिदायत देता। अब मेरा भी अंचित के प्रति दृष्टिकोण बदल चुका था। सास के साथ टिपिन का ढक्कन कहाँ है, बाल्टी और मग कहाँ है, आचार खत्म हो गया, बताया क्यों नहीं। ऐसी छोटी-छोटी बातों पर अक्सर तकरार शुरू हो जाती है।

मैं अब अकेली थी। अकेले सोचते-सोचते मैं कई बार नेगेटिव रहने लगी। किसी बड़ी अनहोनी की आशंका हर पल मेरे मस्तिष्क में छाई रहती, कभी लगता शादी को सात साल हो गए, अब दहेज का केस भी नहीं हो सकता।

कभी लगता कहीं ऐसा न हो कि मेरी हत्या कर दे! ऐसे-ऐसे न जाने कितने डर मेरे मन में हावी होने लगे। सबसे बड़ी बात थी कि जिनके साथ सोशल मीडिया पर सुख-दुख बांटा करती थी, उनसे भी अब बात नहीं होती

थी। मन करता था उड़कर उसके पास चली जाऊं। तभी मैंने रास्ते से गुजरती एक बुढ़िया को देखा, जिसकी कमर झुकी हुई थी। अचानक मेरे मन में एक स्वतंत्र नारी की आवाज़ उठी, "रिश्ते-नाते को बोझ ढोकर इस बुढ़िया को क्या मिला? बस एक झुकी हुई कमर और परिवार में तिरस्कार!" नहीं, जब जिंदगी की मुश्किलें अकेले झेलनी होती हैं, तो मुझे अपनी राह भी अकेले बनानी होगी। जितनी ज्यादा सोच-विचार करूंगी, उतनी ही ज्यादा समस्याएं खड़ी होंगी। मन ही मन एक फैसला लेकर, मैं वापस कमरों की ओर मुड़ चली। अंत में एक दिन वह मनहूस दिन भी आ गया। इतना कहकर वह खामोश हो गई।

कैसा मनहूस दिन? मैंने पूछा।

उस दिन मैंने अपना कुछ जरूरी सामान समेटा और मैं अपने मायके आ गई थी। उन्हें अपनी प्रताड़ना के किस्से सुनाए और अंचित के द्वारा मार-पीट के चोट के निशान दिखाए। अलग-अलग तरीकों से बहुत झूठ बोले पर मेरा हर झूठ पकड़ा जाता। एक दिन भाई ने इस सब के बारे में अंचित से बात की तो अंचित ने सारी बात भाई को बता दी। भाई के साथ-साथ बहन ने भी मुझसे मुंह फेर लिया। घर में पापा ने मुझसे बोलना छोड़ दिया। माँ कभी-कभी अकेले में मेरा पक्ष स्वीकार कर लेती, लेकिन पापा के सामने वो भी खामोश हो जाती।

उन दिनों मैं बहुत निराश थी। जीवन में कोई लक्ष्य नहीं था, मानों स्टेशन पर खड़ी यात्री की तरह थी। कहाँ जाना है? मंजिल कहाँ है? किस बस में सवार होना है? मेरे लिए कुछ भी निश्चित नहीं था। घर में हर पल ताने मिलते थे। पड़ोस के लिए मैं ससुराल से भागी बहू थी। इसी दौरान अंचित दुबई से वापिस आया। एक दिन अपने घर रुककर सीधा देहरादून आ पहुंचा। खूब बहस हुई, उसने अपना पक्ष रखा और मैंने अपना। अंत में बात तय हुई कि अब सब कुछ ठीक होगा, अंचित ने अपनी ओर से माफ़ी मांगी, मैंने भी वादा किया कि अब कभी किसी से बात नहीं करूँगी। लेकिन शर्त पर कि वह

पार्लर जाना नहीं छोड़ेगी। अंचित मेरी इस शर्त पर सहमत हो गया। एक बार मैं फिर दिल्ली वापिस आ गई।

पहले एक हफ्ते तक सब कुछ ठीक चलता रहा। एक दिन मैं नहाने गई, अंचित किसी काम से कमरे में आया। बिस्तर पर रखा मेरा छोटा सा फोन वाइब्रेट कर रहा था। अंचित ने फोन उठाया और सीधा वाशरूम में आकर मुझसे पूछा, "चेतना, यह फोन किसका है?"

मैंने फ़ौरन फोन को उसके हाथ से छिनकर उसे टॉयलेट में डालकर फ्लश कर दिया। और अंचित से पूछा, "कौन सा फोन?" यह सब होते ही अंचित का गुस्सा बादलों की तरह फट पड़ा। वो मुझे तब तक मारता रहा जब तक मैं बेहोश नहीं हो गई।

अब चेतना रोने लगी और पैर से साड़ी हटाकर लगे कुछ चोट के निशान दिखाने लगी। किन्तु मुझे आज उसके निशानों की परवाह नहीं थी। ना मैं उसकी चोट के निशान देखकर खुद को भावुक कर सकता था।

मैंने सब कुछ अनदेखा अनसुना करते हुए पूछा, फिर आगे क्या हुआ?

होता क्या, अंचित का व्यवहार बदलने लगा। अब उसने मेरे साथ बोलना छोड़ दिया था। शाम को जैसे ही मैं पार्लर से घर पहुंचती, वह नशे में होता, कभी गाली-गलौच करता, कभी मारपीट करता - यह हर रोज़ का किस्सा बन गया था। हमारे बीच जो दूरी दो गज बनी थी, वह फिर दो कमरों में बंट गई थी।

इसके बाद मैं अपने बेटे को लेकर अपने कमरे में चली जाती, वह दूसरे कमरे में सोता। एक दिन रात के लगभग एक बजे, वह मेरे कमरे में आया और मुझे जगाकर लात मारी। "बहुत दिनों से देख रहा हूँ। घर से दूर-दूर भाग रही हो।" "उठ, हरामजादी, साली, जा अपने यार के पास।"

उसके मुंह से गंदी-गंदी गालियां बरसने लगीं। मैं रो रही थी, मेरी जेठानी दरवाजे पर थी। वह चुप थी और मुझे उम्मीद थी कि वह बीच-बचाव करेगी,

लेकिन वह पत्थर की मूर्ति की तरह बस देख रही थी। बताते-बताते चेतना की आँखों में आंसू आ गए। मैं उसके आंसुओं से एक पल के लिए भावुक हो गया, लेकिन तुरंत मेरे मन में एक प्रश्न उठा। मैंने उससे पूछ लिया, "क्या इस दौरान भी आपका अफेयर चल रहा था?"

चेतना ने जवाब दिया, "नहीं।"

"तब आपने अपना पक्ष क्यों नहीं रखा?"

"पक्ष रखने के लिए कोई जगह ही नहीं बची थी।"

मैंने पूछा, "मतलब?"

"मतलब यह है कि जैसे सीता माता-भगवान राम को समझ नहीं पाई थीं, मैं भी समझ नहीं पाई। हालांकि ना मैं सीता माता हूँ और ना वह राम हैं, बस उनका दिमाग मेरी बदचलनी से भरा हुआ था कि मेरा पक्ष रखने की कोई जगह बाकी नहीं थी।"

मैंने कहा, "प्लीज, आप अपनी तुलना माता सीता से मत कीजिए, बस इतना जानना चाहता हूँ, आगे क्या हुआ?"

बस उस रात, कुछ जरूरी कपड़े लेकर मैं आधी रात को देहरादून के लिए निकल गई।

रास्ता कितना लंबा होता है, उस रात मुझे अहसास हुआ, रिश्ता टूटने का दर्द क्या होता है। पति की मार से मेरे शरीर पर जख्म थे, लेकिन उन जख्मों का दर्द उस रात बहुत छोटा और रिश्ता टूटने का दर्द बड़ा लग रहा था। घर जाकर क्या जवाब दूंगी, भाभी सवाल करेगी? उन सवालों का सामना कैसे करूंगी?

माँ तो एक पल को समझ लेगी, लेकिन बाप की इज्जत का टोकरा तो मोहल्ले और रिश्तेदारों के बीच बिखर जाएगा।

क्या कहेगी मौसी? परसों ही तो कॉल आई थी, जब मैंने उन्हें बताया था कि वो दुबई से एक महीने के लिए आए हैं। कितनी तारीफ की थी मैंने

अंचित की। कल सुबह मौसी को किस मुंह से बताऊंगी कि मुझे बदचलनी के आरोप में घर से निकाला गया है? मेरे सवाल मेरे दर्द पर हावी थे, जिनके कोई जवाब मेरे पास नहीं थे, पर सवाल मेरे जख्मों के दर्द पर हावी थे।

इतना बोलकर चेतना खामोश हो गई... "मैंने" पूछा, "लेकिन यह सवाल आपके पति के सामने भी होगा?"

मर्द के पास सभी सवालों का एक जवाब होता है कि वह बदचलन थी और उसने उसे घर से निकाल दिया। यह सिर्फ एक जवाब नहीं होता, बल्कि सम्मान का सूचक होता है। लोग घर-घर इस जवाब से उसकी गाथा गाते हैं। उसे शाबाशी देते हैं, वह मर्द समाज के लिए उदाहरण बन जाते हैं।

"कौन था वह?" मैंने अंधेरे में तीर चलाते हुए पूछा।

"मतलब?"

"मेरा मतलब, आपके पति किस पर शक कर रहे थे?"

उसने पूछा, "क्या यह सवाल जरूरी है?"

"मैंने कहा, अगर आप जरूरी समझें तो?"

"बता दूंगी, पर तुम मुझे गलत मत समझना?"

चेतना का एकदम से आपसे तुम पर आना मेरे लिए कुछ अजीब सा था, किंतु इसके बावजूद "मैं" वह सुनने में ज्यादा उत्सुक था जो अभी तक नहीं सुना है। फिर भी मैंने जवाब देते हुए कहा, सवाल मेरे सही और गलत समझने का नहीं है, सवाल है एक सच सुनने का। मैं आपको सही समझ जाऊं या गलत समझ जाऊं, इससे आपके जीवन पर कोई प्रभाव नहीं पड़ेगा।

अब वह कुछ अतीत में जाने का प्रयास करते हुए बोली, "दूर का रिश्ता था। लेकिन हमारे बीच कोई शारीरिक संबंध नहीं था। वह सिर्फ मुझे भावनात्मक सहारा देता था। जब-जब मैं परेशान होती, वह अंचित गंदी गालियां देता और आरोप लगाता था।"

एक दिन मैं पार्लर में थी, अचानक अंचित का फोन आया, वह नशे में था। मुझसे बहुत कुछ कहा, मैं रोने लगी। अंचित की कॉल कटने के बाद मैंने पार्लर से एक महिला का फोन लेकर सारी बात उसे बता दी। उस दिन वह लड़का भी थोड़ा ज्यादा ही भावुक हो गया। थोड़ी देर बाद वह पार्लर आया और मेरा सिर अपने कंधों पर रखकर दिलासा देने लगा। अचानक वहां मेरी जेठानी आ गई। मैं और वह उस मुद्रा से हटकर कुछ समझा पाते, जब तक वह छि-छि करके जा चुकी थी।

जबकि वह उम्र में मुझसे पांच साल छोटा था। उस दिन शाम को जब मैं घर पहुंची, मेरी सास ने जाते ही मुझे अनूप जलोटा कहकर पुकारा। एक बारगी तो मेरी समझ में नहीं आया, लेकिन जब मैंने अनूप जलोटा के बारे में पूछा तो सब समझ आ गया।

ये मेरे ससुराल छोड़ने से पहले की बात है। उस दौरान मेरी माँ बीमार थीं और मैं उसे बता नहीं सकती थी। पापा सुनते नहीं थे। भाई से कोई बात शेयर करती, वो हर बात भाभी को बताता और भाभी माँ को जली कटी सुनातीं। दिल्ली में सास और जेठानी मेरे खिलाफ हर समय सबूत खोजती थीं। करती भी तो क्या करतीं? बस रिश्ते और उम्र में छोटे लड़के से सब शेयर करने लगीं।

मुझे क्या पता था कि मन की बात मन को ट्रांसफर करना भी चरित्रहीनता हो जाएगी। अगले दिन सुबह घर पहुंची, तब तक वहां अंचित का फोन जा चुका था। घर में घुसते ही पापा ने तपाक से थप्पड़ जड़ा, तो भाभी ने ताना दिया। माँ चुपचाप खड़ी देखती रही, तो भाई अपने कमरे में बिना बोले घुस गया।

माँ को शायद इस सब का अहसास था, उसने पहले ही मेरे अगले स्टेशन का इंतजाम कर दिया था। मैं सीढ़ी के पास बैठी रो रही थी, माँ मेरे पास आई और धीरे से फुसफुसाकर बोली, "जब तक तेरे बाप का गुस्सा ठंडा हो, अपनी मौसी के घर चली जा, मैंने उससे बात कर ली है।" मेरे पास कोई विकल्प नहीं था, मैं खड़ी हुई और मौसी के घर के लिए निकल गई।

(17)

मैं उसके चुप होने का इंतजार कर रहा था। जैसे ही वह एक पल के लिए रुकी, मैंने तपाक से पूछ लिया कि आपने रिश्ते के उस लड़के को क्यों नहीं बुलाया। वह भी तो आकर कह सकता था कि ऐसा कुछ नहीं है, हमारा रिश्ता पवित्र है।

बुलाया गया था। उसने आंसू पोंछते हुए जवाब दिया, लेकिन वह नहीं आया। उल्टा, उसकी माँ ही मुझ पर लांछन लगाने लगी। बोली- "मेरे नाबालिग बेटे को फंसाकर बर्बाद कर दिया।" उसने अपना बेटा बचाया। मेरे पति ने समाज में इज्जत अपनी बचाई। जेठानी ने अपनी ईर्ष्या का बदला लिया और सास ने अपने बेटे का पक्ष लिया। उसके हलक से शब्द ऐसे निकल रहे थे जैसे किसी रेलगाड़ी से मुसाफिर, लेकिन लग रहा था जैसे इन शब्दों को हाथ पकड़कर नहीं बल्कि गर्दन से पकड़कर उतारा जा रहा हो।

"मैंने" धीरे से पूछा, "आगे क्या हुआ?"

क्या होता! इस बार उसका जवाब जैसे मेरे सवाल की प्रतीक्षा में था। मैं मौसी के घर चली गई, मौसी के मन में मेरे लिए अब कोई सम्मान नहीं था। वह मुझे अपने घर रखकर माँ के आदेश का पालन कर रही थी। दो दिन बाद पता चला कि वह बच्चे को भी मेरे घर छोड़कर चले गई थी, यह कहते हुए कि पता नहीं किसका है और कहाँ-कहाँ मुंह मारती फिरती थी।

भाई चुपचाप मेरे बेटे को मौसी के घर में मेरे पास ले आया। एक हफ्ते तक सब ठीक रहा, इसके बाद मौसी हर रोज महंगाई के खर्चे और बिजली के बिल के बारे में मुझे सुनाने लगी। अब मुझे कैसे भी करके एक जॉब की तलाश थी। मैंने एक शोरूम में नौकरी कर ली। मुझे भी हर रोज कुछ न कुछ सुनने को मिलता है। मैंने वहां छह महीने जॉब की, ये सोचकर कि यह मेरी

घर से भागने की सजा है। लेकिन यह एक ऐसी जेल थी जहां से मैं रिहा नहीं होना चाहती थी।

मेरा मन बड़ा विचलित था, अंचित को छोड़कर भागने का पछतावा था। मैं सिर्फ एक टूटे हुए रिश्ते को बचाने की जद्दोजहद में थी। अपना सब कुछ देकर अपना रिश्ता पाना चाह रही थी। किंतु अंचित के शब्द बाण मेरे मन को भीष्म पितामह की तरह लहूलुहान करते रहे, लेकिन मुझे घावों से अधिक परवाह थी रिश्ते को बचाने की या कहो टूटे हुए रिश्ते को जोड़ने की।

मैं सोशल मीडिया के जिस आभासी प्रेम को जीवन समझती थी, मैंने उस लड़के से भी सहायता मांगी, लेकिन वो मुझसे मेरी न्यूड फोटो मांगता। जहाँ कुछ समय पहले तक वो मुझे अपनाने के वादे करता था, बड़ी-बड़ी बातें करता था, अब वह मुझे नकार चुका था यह कहकर कि जो पति की ना हुई, मेरी कैसे हो सकती है?

वहां छह महीने की नौकरी ने मुझे एक चीज सिखा दी थी कि दुनिया को एक मुस्कान से भी बेवकूफ बनाया जा सकता है। अदाओं से उन्हें घायल किया जा सकता है और संवेदनाओं का फायदा उठाया जा सकता है। पीड़िता बने रहने में बहुत से फायदे मुझे नजर आए। इसका सबसे बड़ा लाभ यह था कि अगर एक पुरुष हमलावर होता तो दूसरा सहारा देने के लिए खड़ा हो जाता।

अब मैं एक झूठी मुस्कान सजाकर लोगों के सामने सहज दिखने की कोशिश करती, लेकिन जो सच था, वह सिर्फ मैं ही जानती थी। मेरी आत्मा पर जो जख्म थे, उनके लिए कोई दवा नहीं थी। वे हर रोज रिसते थे, दर्द भी देते थे, बस सामने वालों को दिखते नहीं थे। अब मैं समझ गई थी कि एक नारी जीवन के युद्ध को जीत सकती है, लेकिन कई बार वह अनेकों मोर्चों पर हतोत्साहित हो जाती है, क्योंकि वह पुरुष की सिर्फ सहकर्मी नहीं होती, बल्कि उसकी संभावनाओं का द्वार भी होती है। उतनी संभावनाओं की,

जितनी संभावना से वह उसका आत्मसम्मान कुचलकर अपनी जीत पर मुस्कुरा सके।

अब चेतना जोर-जोर से रोने लगी, उसकी रोने से उसके शब्द अस्पष्ट स्वर में बाहर आ रहे थे। मैं कुछ समझ नहीं पा रहा था। बस मैंने सोचा कुछ पल इसके आंसू बहने दूं, फिर अपना अगला सवाल करूंगा। हालांकि मैं जानता हूँ, सभी आंसू बुरे नहीं होते; कुछ आंसू खुशी के, कुछ ग़म के और कुछ पछतावे के भी हो सकते हैं। एक सच ये भी है कि कुछ देर रोने के बाद इंसान तनाव की स्थिति से बाहर निकल जाता है।

"मैंने" कहा, "आज आप जी भरकर रो सकती हो क्योंकि सभी आंसू बुरे नहीं होते।"

हुआ भी, अगले कुछ पल के बाद, वह खामोश थी। इस बार कोई बड़ी भूमिका नहीं बनाते हुए, मैंने सीधा पूछ लिया, "अंचित ने क्या कहा था?"

वो बोली, "अंचित ने कहा था, 'जिसके लिए मुझे छोड़कर भागी थी, जा, अब उसके पास।'"

इतना कहकर अब वो थोड़ा शांत हुई। क्या आपने उस समय अपने उस पुरुष मित्र से बात नहीं की थी?

उसने कुछ बुदबुदाते शब्दों से जवाब दिया- फोन किया था- "वो क्या कहता, मेरे ऊपर प्यार का नशा था, वो उतर गया था, उसका दिल था, मुझसे भर गया था, वो इंसान था, बदल गया था।"

कुछ देर तक हम चुप रहे, फिर उसने बोलना शुरू किया। मैं जीवन युद्ध हार चुकी थी। मन में गहरी पीड़ा के साथ मैं जीना नहीं चाहती थी।

इतना कहकर अब वो थोड़ा नार्मल हो चली थी। मुझे लगा शायद इसके अतीत का बुरा दौर सिर्फ यही तक था। लेकिन मेरे मन में एक सवाल कूदने लगा, मैंने पूछा, "फिर आप योगाचार्य कैसे बनीं?"

मेरा प्रश्न सुनकर उसका चेहरा थोड़ा गर्वीला और थोड़ा गंभीर हो गया। अब उसने बोतल से एक घूंट पानी पिया और बोली, "एक दिन अचानक मुझे नायरा मिल गई, मैंने अपनी सारी व्यथा नायरा को बताई, उसने तरस खाकर मुझे अपने पार्लर में जॉब दे दी। नायरा उस दौरान मेरे लिए ऐसे थी मानो जीवन के उस बस स्टैंड पर यह एक आखिरी बस है। लेकिन वह मुझे मंजिल पर नहीं, थोड़ी दूर रास्ते पर कहीं भी उतार देगी। मन में आया, चलो कुछ तो रास्ता पार होगा, आगे का सफर आगे देखा जाएगा।

मैंने मौसी का घर छोड़ दिया, अब रहने को नायरा का घर था, किंतु उसके घर में उसके पति के सामने मुझे एक घुटन सी महसूस होती थी। दूसरा, नायरा को अंचित ने सारी बात बता रखी थी, तो इस कारण जब उसका पति वहां रहता, वह मुझे शक की नजरों से देखती रहती।

कुछ देर में चेतना की बात सुनकर, "मैं" आज फिर बेवजह भावुक हो चुका था। मुझे लगा कि शायद एक मछली तालाब से ऊबकर बाहर आई हो और अब प्राण पाने के लिए वापस तालाब में जाने की तड़प रही हो। अतीत का काफी हिस्सा "मैं" सुन चुका था, जिसमें ख़ुशी भी थी और वेदना भी। दर्द भी था तो हौसला भी।

मैंने पूछा, "अब आगे क्या करोगी?"

वह धीरे से बोली, "मुझे नहीं लगता कि मैं अपनी यात्रा के किस चरण में पहुँच चुकी हूँ। कुछ सवाल अभी भी भीतर तैर रहे हैं और मैं उनके उत्तर तलाश रही हूं। शायद कोई और साधना भी जरूरी होती है इस दुःख के अलावा, जिसमें जीवन की गांठ खुल सकती हो। लगभग साढ़े तीन दशक की उलझी सुलझी जिंदगी के बावजूद, दावा नहीं कर सकती कि जीवन नाम की पहेली को मैं कितना सुलझा पाई हूं।" इतना जानती हूँ, "भावुक बुद्धि को साथी चाहिए, गुस्से से भरी बुद्धि को हथियार और अनजाने डर से कांपती बुद्धि को सहारे की तलाश होती है और मदहोश बुद्धि को संभोग।"

इतना कहकर वह चुप हो गई। मैंने उसकी ओर देखा और पूछा, "फिर क्या हुआ?"

मैं नहीं जानती, पुरानी जिंदगी में वापस कैसे जा सकते हैं। या अब जिंदगी में आगे कैसे बढ़ा जाए! बस इतना पता है कि जब हमारा दिल समझने लगता है कि हम कभी वापस नहीं लौट सकते, तब कुछ चीजें ऐसी होती हैं जिन्हें वक्त भी ठीक नहीं कर सकता। कुछ घाव बहुत गहरे हो जाते हैं जो जिंदगी भर साथ रहते हैं। तब भगवान से शिकायत करने के अतिरिक्त हमारे पास बचता ही क्या है? बस, मैं भी अपनी शिकायत में किस्मत और भगवान को दोषी समझने लगी थी।

अब मेरे दो मन थे: एक तो फिर से साहस किया जाए, दूसरा जीवन में फिर से संघर्ष किया जाए। शायद एक दिन अंचित का मन बदल जाए, वो मुझे फिर उसी तरह प्रेम करे।

इसके बाद, उसने मेरी ओर देखते हुए पूछा, "आख़िर क्यों निभाते हैं हम वो रिश्ते जिनमें स्नेह की साँसें नहीं होतीं, समर्पण की आत्मा नहीं होती, विश्वास की देह नहीं होतीं? आख़िर क्यों लुटाते रहते हैं हम अपना सर्वस्व उन बंधनों के पीछे जिनमें बंधकर हमारे कोमल मन पर नील पड़ रहे हों? आख़िर हम क्यों लेते हैं प्रतिज्ञा उस इंसान के साथ को निभाने की, जो हमारे मन और आत्मा पर क्रूर घाव छोड़कर हँसता हो?" मैंने प्रेम किया, कोई गलती नहीं की थी। जब अंचित मेरी भावनाओं की कद्र नहीं करता था, तो मेरे पास यही एक मार्ग था।

"मैं" शांत रहा, हालांकि मेरे पास इसका जवाब था। लेकिन मैं इन सवालों के जवाब को उससे ही सुनना चाहता था। शायद उसने भी यह अहसास किया कि मैं जवाब देना नहीं चाहता हूँ। अब वह खुद ही अपने प्रश्न का उत्तर देने लगी।

आज हम डरते हैं कि जब रिश्तों के बंधन टूटेंगे तो सैलाब में जाने क्या-क्या बह जाएगा। हम डरते हैं कि खुद को क्या जवाब देंगे कि क्यों नहीं निभा

पाए। हम डरते हैं कि हम टूट जाएंगे क्योंकि टूटे हुए शाख़ से जुड़ी हुई हर पत्ती सूख जाती है। हम डरते हैं परिवार, पड़ोस, समाज, रिश्तेदार क्या कहेंगे। यह डर अगर ख़त्म हो जाता, ना जाने कितने लोग अपना जीवन अपने अनुरूप जी लेते।

इतना कहकर वह चुपचाप उठकर चली गई, लेकिन जाते-जाते आज भी एक सवाल छोड़ गई कि इंसान नाम का यह जीव चाहता क्या है? वह सब कुछ अपनी सोच के अनुरूप ही क्यों पाना चाहता है? क्यों वह जीवन को किसी दूसरे रिश्ते के प्रति इतना गंभीर हो जाता है कि अपने विवेक को भी समाप्त कर डालता है। सामने रोड थी, उसने वहां से अपने लिए एक ऑटो बुक किया और चली गई, जबकि मैं वहीं बैठा रह गया।

(18)

सोच रहा हूँ, क्या इंसान खुद को हमेशा सही समझता है? वह अपनी गलती स्वीकार क्यों नहीं कर पाता? क्या सभी लोग अनिवार्य रूप से अहंकार से प्रेरित होते हैं? और क्या हमारा अहंकार हमें गलती स्वीकार करने से रोकता है? हो सकता है चेतना ने अपने जीवन में भावनाओं में भटककर कोई गलती की हो! किन्तु वह इसे माफी मांगकर या आगे ऐसा न करने का वादा करके भी संभाल सकती थी। वह अपने मन में क्यों भगवान या किस्मत को दोषी समझ रही है?

आखिर क्यों उसने अपनी गलती स्वीकार नहीं की? सिर्फ इस कारण कि गलती से भी ज्यादा, यह स्वीकार करते हुए कि हम गलत हैं, हमें सचमुच दर्द देता है? क्या यह खुद के प्रति एक चुनौती है? या फिर वह अपने दिमाग में गलत नहीं होना चाहती थी? शायद इस कारण कि हमारी शिक्षा प्रणाली हमें सिखाती है कि गलत होना बुरा है और विफलता को दंडित करने की आवश्यकता है। या फिर यह भी हो सकता है कि गलत होने का मतलब है कि हम बेवकूफ हैं? क्या चेतना अपनी सोच के अनुसार पीड़ित है, उस पर जुल्म हुआ है? वह मानती है कि उसकी किस्मत खराब है। शायद वह सबके सामने इसे स्वीकार नहीं करती है, लेकिन वह अपने मन में जानती है कि उसने गलती की है। अब शायद वह इस गलती को सफलता से ढकना चाहती है। वह दिखाना चाहती है कि उसने घर छोड़कर कोई गलती नहीं की है। वह अब पूर्ण है और उसका जीवन स्वतंत्र है।

वह अपने रास्ते निकल चुकी थी। मैंने खुद की खामोशी तोड़ते हुए अपने लिए ऑटो बुक किया और वहां से आगे बढ़ चला। किंतु मेरा मन बार-बार उसकी बातों के इर्द-गिर्द घूम रहा था। पहले के मुकाबले अब मुझे उसके

अंदर एक अजीब सा डर अधिक दिखाई देने लगा था। यह डर कैसा था, उसे वह भी बखूबी समझती थी। किंतु उसकी बातों में अक्सर उम्र का जिक्र होता था। मुझे याद है, जब वह मुझे पहली बार मिली थी, उसने मुझे अपनी उम्र बत्तीस वर्ष बताई थी। और उसने यह भी बताया था कि उसे एक पैंतालीस साल का व्यक्ति बार-बार फोन करता है, लेकिन साथ ही यह भी बोला था कि वह अपनी उम्र नहीं देखता।

तब मैंने चेतना से पूछा कि क्या एक युवा या उससे कम उम्र के व्यक्ति की कॉल उसे पसंद होगी? मेरे इस सवाल पर वह चुप रही और फिर अपनी कहानी सुनाने लगी। उसने एक बार बताया था कि उसने एक कमरे को किराए पर ले लिया और अपने बेटे को साथ लेकर वहां रहने लगी। मेरी माँ कभी-कभी चुपचाप मुझसे मिलने आती और मेरी छोटी-मोटी मदद कर जाती थी। गुजारा चलता रहा। मेरा काम महिलाओं को बहुत पसंद आता था। मुझे अलग-अलग बुकिंग मिलने लगी। उन्हीं दिनों, एक शादी में दुल्हन का मेकअप करने गई थी। वहां, मुझे एक महिला से मिलने का मौका मिला जो पैसे वाली थी। उसने मुझे प्रस्ताव दिया कि मैं उसके साथ पार्टनरशिप में काम करूँ, जहां मेरा काम और कमाई दोनों फिफ्टी-फिफ्टी की साझेदारी में होगी।

मैंने नायरा का पार्लर छोड़ दिया था, फिर मैंने उस महिला के साथ पार्टनरशिप में काम शुरू किया। जल्दी ही काम चल निकला। मैं सुंदर थी, और लोग मेरे हुस्न के दीवाने थे। एक दिन मेरी पार्टनर दीदी ने मुझसे कहा, "चेतना, जब ऊपरवाले ने ये हुस्न दिया ही तो इसका फायदा उठा। तू एक बार ये जाल फेंक, तो सही, देख कितने केकड़े इसमें फंसकर बाहर आएंगे।" आरंभ में मैंने इग्नोर किया, फिर मैंने दीदी की बात मान ली। मैंने जमकर लोगों के झूठे प्यार और सहारा देने के वादे, जीवन भर साथ देने की कसमों का फायदा उठाया। जो लोग प्रेम की आड़ में मेरा देहिक शोषण करना चाहते थे, मैंने जमकर उनका आर्थिक शोषण किया।

उसने उस दिन बताया था कि भले ही लोग कहते हैं कि पैसा लेकर कोई ऊपर नहीं जा सकता, पर सच यह है कि जब तक इंसान नीचे है, तब तक पैसा ही उसे ऊपर लेकर जाता है। पैसा इंसान की स्वतंत्रता खरीद सकता है और दूसरों के लिए गुलामी भी। कल की बदचलन और निर्धन चेतना पर आज बाप को गुमान है कि उसे ऐसी-ऐसी कई बेटियां क्यों नहीं दी। मेरी भाभी मुझे अपनी ननद ही नहीं, अपनी बहन की तरह मानती है। भाई पैसे की जरूरत पड़ने पर मेरे घर में झाड़ू-पोछा तक लगा जाता है।

खुद को फिट रखने के लिए उसने योग सीखा था। जब बेटा बड़ा होने लगा, तो फिर उसने पार्लर का काम छोड़कर योग को ही अपने जीवन का अंग बना लिया था। किन्तु अब बढ़ती उम्र का डर उसके चेहरे पर साफ दिखाई देने लगा था। वह अक्सर अपनी कई साल पहले की फोटो को सोशल मीडिया की डीपी पर लगाती थी, कभी हटाती थी। कभी दुखी गमगीन हालात के फोटो का उपयोग करती थी, तो कभी फोटोशॉप से फोटो को बेहद आकर्षक बनाती थी। इसे देखकर मुझे लगता है कि शायद वह अब अपने वर्तमान के ढलते यौवन से भागकर अपनी जवानी को महसूस करना चाहती है! जहां उसे देखकर कोई आहें भरे, तो किसी का मन मचल जाए। कोई प्रेम का प्रस्ताव दे, वह उसे ठुकराकर खुद की महानता के किस्से सुनाए। एक तरह से कहें तो उसे संपर्क बनाने का शौक था, रिश्ते नहीं। अब वह रिश्तों में घुटन महसूस करती थी और संपर्क इसलिए बनाती थी कि कौन पता नहीं कहाँ किस समय काम आ जाए। या कहाँ किस हाल में किसी का फायदा उठाया जाए।

इस बार उसके जाने के बाद, मेरी उससे कम ही बात होती थी। वह कभी दो महीने, कभी-कभी तीन महीने में कॉल करती थी। जब भी कॉल करती, हमेशा किसी न किसी के द्वारा उसका दिल तोड़ने की कहानी होती।

खैर, मैं भारतीय लोकतंत्र में एक आम नागरिक के जीवन का किस्सा लिखने में व्यस्त रहा, जिसमें उसकी समस्याएं गण और तंत्र के बीच का

फासला थीं। कभी-कभी बीच में मैं उसकी प्रोफाइल पिक देखने की कोशिश करता, वह कभी मुझे ब्लॉक कर देती और कभी अनब्लॉक। इन सभी हरकतों से मुझे समझ नहीं आता था कि वह मुझसे क्या चाहती थी। पहले तो यह कि वह अपनी कहानी मुझे सुनाकर, अपना पक्ष रखकर यह संतोष प्राप्त करना चाहती थी कि वह प्रताड़ित हो रही है। दूसरा यह कि वह प्रताड़ित हो रही है, मैं इस बात को इस कदर समझ सकूं और दुनिया को बता सकूं कि देखो कैसे एक प्रताड़ित महिला ने सब कुछ पार किया और आज एक मुकाम हासिल किया।

वह कभी-कभी खुद को बेहद चरित्रवान होने का दावा करती है। वह कहती है कि उसके पति ने उस पर चरित्रहीनता के आरोप कोर्ट में लगाए हैं, जो झूठे और बेबुनियाद हैं। उसका तर्क यह है कि अगर वह ऐसी होती तो वह अपने बेटे को साथ क्यों रखती? क्या वह खुले आसमान में अपनी मस्ती से जीवन जी सकती थी? उसके इस दावे में कितना सच था और बेटा उसका कितनी ढाल का काम कर रहा था, इसे वह बखूबी जानती थी। लेकिन मैं इतना कह सकता हूँ कि हर एक मर्द हिंसक नहीं होता और न ही हर एक स्त्री प्रताड़ित होती है। इसका अनुमान मुझे कई चीजों से हो चुका है। उसकी कहानी एक अंधेरे आसमान की तरह है, जो कभी सितारों से सज जाता है और कभी एक-एक सितारा टूट जाता है, और आसमान खाली हो जाता है...

इतना जरूर था, अब मेरे मन में उसके लिए कोई खास सम्मान नहीं बचा था। उसकी वह बात, जो उसने कई साल पहले ट्रेन में मुझे बताई थी, और उसने जो अभी तक अपनी व्यथा मुझे सुनाई थी, वह सब मुझे आधारहीन लग रही थी। उसकी प्रताड़ना के आधे किस्से झूठे लग रहे थे। कोई इंसान एक बार प्रेम में पड़ सकता है। दूसरी बार गलती से फिर प्रेम कर सकता है, किंतु अगर उसे बार-बार प्रेम हो सकता है, तो वह या ऐसी ही प्रवृत्ति का है या फिर वह भिन्न-भिन्न लोगों के साथ प्रेम का नाटक कर रहा है।

मेरा मन कहने लगा कि उन बातों से वह अपने मन के आंतरिक आवरण को सिर्फ ढकती है। वह बस अपने डर से मुझे भी डराना चाहती थी। मनोविज्ञान के उस सिद्धांत के तहत कि जब एक डरता है, तो दूसरा क्यों नहीं? उसके सुनाए गए वे सैंकड़ों किस्से मुझे एक-एक करके याद आने लगे। जिनमें से कुछ उससे यौन संबंध की मांग करते थे, उसे पैसा देने का भरोसा देते थे। वे किस्से याद आने लगे, जहां उससे कोई सत्तर वर्ष का बुजुर्ग ने प्रेम का इजहार किया और वे किस्से भी जहां कॉलेज का कोई छात्र ऑफ द ईयर उसे होटल में बुलाकर डिनर करवा रहा था।

एक-एक कर मेंरे सारे भ्रम टूटते चले जा रहे थे। मेरा भी आसमान भ्रम के सितारे टूटकर खाली हो चुका था। हालांकि मुझे उससे कोई अपेक्षा नहीं थी। किंतु कुछ महीनों पहले जहाँ एक महानता का गर्व मुझे कई बार रोमांचित जरूर करता था कि बाज से भरे इस उपवन में एक चिड़िया कैसे जी रही है। लेकिन अब मैं आश्वस्त हो चुका था कि जैसे चिड़िया को इन बाजों से कोई समस्या नहीं है, वह इन बाजों से सांठ-गांठ कर चुकी है। "मैं" सोचता रह गया। क्या सब अपने-अपने हिसाब से प्यार और डर महसूस करते हैं? या हर किसी का अहसास अलग होता है? लेकिन एक सच ये भी है कि अंदर डर का न होना भी तबाही लाता है। शायद रिश्ते अच्छे से चले समाज को एक बार फिर से डर सीखना होगा।

(19)

रात के लगभग एक पहर बीत चुका था। मेरा गला प्यास से सूख रहा था। लेकिन मेरा दिमाग कुछ और ही सोच रहा था। असल में अपनी तकलीफ से अधिक एक ही बात से ज्यादा तकलीफ पहुंचती है, जब आप किसी को बहुत महान समझते हैं और अचानक उसकी महानता आपकी आँखों के सामने चकनाचूर हो जाती है। आपको पता हो कि आप चाहकर भी उसे नहीं बदल सकते। तब आप जरूर फैसला करते हैं कि मरने दो। दरअसल, प्यार और सम्मान एक बड़ी चित्र-खंड पहेली की तरह होते हैं; किसी दिन सारे टुकड़े सही-सही मेल कर जाते हैं, जबकि कई बार वो मेल ही नहीं खाते। हालांकि, यह जीवन उसका है। चुनाव उसका है। फैसला उसका है।

मानता हूँ कि इंसान एक सामाजिक प्राणी है, उसे समाज की जरूरत होती है। चेतना भले ही हर पल समाज को कोसती थी, इस समाज से अपना हक़ मांगने का दावा करती थी, परंतु इस समाज के अंदर उसने अपना एक समाज बना लिया था। अपनी छोटी आयु के समाज में, जहां वह प्रेम कर सकती थी, जहां वह प्रेमी पर तानाशाही कर सकती थी। उन्हें अच्छे तरीके से हैंडल कर पाएं, उन पर हावी रहें। ताकि वे उससे कोई रिश्ते की डिमांड न कर सकें। उनकी स्वतंत्रता में बाधा न पहुंचा सकें। उनकी पसंद, शौक और घूमने-फिरने में सवाल न कर सकें।

खैर, जो भी था, लेकिन ऐसा सोचकर मुझे अहसास हुआ कि वह मेच्योर समाज में अपनी महानता और चरित्र का भले ही दंभ भरती रही हो, लेकिन वह एक अलग ही जीवन भी जीती है। इसके लिए उसे हर रोज अपनी पीड़ा सुनाने को अजनबी इंसान चाहिए होते हैं। वह अपने झूठ को ही सच मानने लगता है, उसे अपना अहंकार बना लेता है। वह उस अहंकार को जीने लगता

है, सच से भागने लगता है और झूठ में डूबने लगता है, इतना कि वह इससे बाहर ही नहीं आना चाहता।

शायद आजकल रिश्ते बदल रहे हैं, हो सकता है आज थोड़े समय तक साथ रहने पर वैवाहिक संबंधों में नीरसता आ जाती हो? यदि पति-पत्नी दोनों इसे दूर करने का प्रयास न करें, तो रिश्ते में दूरी बढ़ने लगती है। हर किसी के हाथ में मोबाइल है, ढेरों ऑनलाइन मंच हैं। लोग ऑनलाइन रोमांस में अपने लिए गुप्त खिड़की खोल लेते हैं। समाज के सामने पारिवारिक व्यवस्था बनी रहती है तथा गुप्त रूप से जीवन का रस भी लेते रहते हैं। समस्या तब आती है जब इस गुप्त संबंध का कोई साथी धोखेबाज निकल जाता है। फिर फोटो, वीडियो, चैट्स आदि वायरल होती हैं और इज़्जत का मटका बीच चौराहे पर फूटता है। हो सकता है चेतना के साथ भी उसके ससुराल में ऐसा ही हुआ हो!

अब मुझे लगा कि चेतना का जीवन सिक्के के दो पहलू हैं। एक पहलू परिवार, रिश्तेदार और उसके करीबी लोग हैं, जिन्हें वह यह दिखाती है कि उसने कैसे और किन तरीकों से सब कुछ अचीव किया है और सम्मान के साथ सब कुछ हासिल किया है। वह धार्मिक कार्यों में सम्मिलित होती है और समाज शिक्षा संस्कार के बारे में बातें करती है। वह लेख लिखती है कि आज के युवा कैसे बिगड़ रहे हैं, जबकि इसका दूसरा पहलू यह है कि वह खुलकर जीती है, यहां तक कि शराब के प्रति भी परहेज नहीं करती।

ऐसा सोचकर, मैंने मल्टीपल पर्सनालिटी डिसऑर्डर के बारे में पढ़ना शुरू किया कि आखिर कब किसी व्यक्ति को यह अपना शिकार बना लेता है, जबकि इस समस्या में व्यक्ति में फिजिकली किसी तरह का बदलाव या लक्षण दिखाई नहीं देता है। उनका मानसिक व्यवहार भी बिल्कुल सामान्य होता है। लेकिन वह बहुआयामी जीवन जीने लगता है।

मुझे सामने स्क्रीन पर कई लक्षण दिखाई दिए, जिसमें लिखा था कि अगर किसी बच्चे के साथ बचपन में मानसिक तनाव, यौन उत्पीड़न और

मारपीट जैसा कुछ हुआ है, तो आगे चलकर उसमें मल्टीपल पर्सनालिटी डिसऑर्डर की आशंका ज्यादा होती है। यह समस्या किसी भी उम्र में हो सकती है। इस समस्या में इंसान अपनी रियल लाइफ से अलग होकर दूसरी पर्सनालिटी में रहकर जीवन जीने लगता है।

हो सकता है! चेतना भी रियल लाइफ से भागकर यही एक कोना पकड़ती हो जिसमें उसे शांति और सुकून नजर आता हो? ऐसा सोचकर मुझे आरंभ में कहे कुछ शब्द याद आने लगे कि वह किस तरह खुद की महानता का बखान किया करती थी। कभी-कभी उसकी कहानी का पक्ष इतना मजबूत होता कि सामने वाला प्रभावित हुए बिना नहीं रह पाता।

हालांकि, मैंने एक बार पढ़ा था कि महिलाओं की इच्छाओं के बारे में कई गलत धारणाएं हमारी समझ में बाधा डाल सकती हैं। एक आम गलत धारणा यह है कि महिलाओं को केवल पैसा या भौतिक संपत्ति में दिलचस्पी होती है। दूसरी यह कि महिलाएं केवल शारीरिक बनावट या यौन आकर्षण से प्रेरित होती हैं। लेकिन चेतना के मामले में ये दोनों बातें शायद फिट नहीं बैठतीं और साथ ही यह हकीकत भी सही नहीं है कि महिलाएं भावनात्मक जुड़ाव, अंतरंगता और आपसी सम्मान की इच्छा रखती हैं, जितनी कि पुरुष। वे किसी ऐसे व्यक्ति की चाहत रखती हैं जो उन्हें भावनात्मक सहारा दे सके, सार्थक बातचीत कर सके और अपनी कमजोरियों को साझा कर सके। या फिर ये महिलाएं ऐसे साथी की तलाश करती हैं जो भावनात्मक सुरक्षा, समझ और गहरा भावनात्मक संबंध प्रदान कर सके।

इस संबंध में मेरा मत चेतना के बारे में अलग था क्योंकि मैंने उसकी इच्छाओं को बहुत करीब से समझा है। वह अपने जीवन में न तो किसी की प्राथमिकता चाहती थी, न ही भावनात्मक जुड़ाव और न ही अंतरंगता की इच्छा। बल्कि, उसकी छिपी हुई इच्छा ऐसी थी मानो समुद्र तल में डूबा कोई जहाज हो, कोई गोताखोर चाहकर भी उस तक नहीं पहुंच पा रहा हो। शायद वह भी यही चाहती थी क्योंकि इच्छाओं को समझने में बिलकुल सहायता

नहीं करती थी। यह उसे अपनी कमजोरी का डर था या अतीत में लगी किसी चोट का। कुछ भी हो, उसने अपने दिल के चारों ओर दीवारें खड़ी कर ली थीं। इन दीवारों में उसने अपने मन के एक गुप्त दरवाजे बना लिए थे, किसे अंदर लेना है और किसे बाहर भेजना है, वह इसे समय-समय पर खोलती थी।

कभी-कभी लगता है कि उसे किसी सम्मानित और पद प्रतिष्ठा वाले लोगों की तलाश रहती है। वह अपनी मासूम और पीड़ित छवि बनाकर उनके बीच प्रवेश करती। अपनी कुछ उपलब्धियां गिनाती। फिर उसके पास अपनी पीड़ा का किस्सा होता।

वह अक्सर जो भी बोलती थी, क्या वह अपने शील और खुद की रक्षा के लिए बोलती थी या फिर सिर्फ अपनी महत्वाकांक्षा को पाने के लिए? कुछ भी हो, वह जो भी शब्द बोलती थी, उन्हें सच मानने लगती थी। वह जो सोचती थी, उसे भी सच मानने लगती थी।

वह कई बार सादगी की मूरत बनती है, लेकिन कई बार अश्लीलता के शब्दों की सीमाओं को पार कर जाती है। कभी वह बहुत रोती है, और कभी बिना किसी हास्य के भी मिनटों तक हंसती है। कभी उसका मन शरारती मजाक का होता है, और फिर वह अचानक अपने अतीत में चली जाती है। उसका मन एक मकड़ी के जाल की तरह होता है, जो उसमें जाता है और उलझकर रह जाता है। सब कुछ सोचकर इतना कहा जा सकता है कि प्रेम के अभाव में जीवन व्यतीत किया जा सकता है, परंतु प्रेम के बिना जीवन व्यतीत करना असंभव है। व्यक्ति के जीवन में किसी न किसी का प्रेम जरूर होना चाहिए।

यह सब कुछ भले ही मेरे एक समय का यह सोच-विचार का मुद्दा रहा हो, लेकिन समय के साथ-साथ मैंने अब मस्तिष्क से चेतना और उसकी कहानी को उसके हाल पर छोड़ दिया है। वह अब कहाँ है, किसके साथ है, कोर्ट में उसका मुकदमा चल रहा है या समाप्त हो गया है, क्या वह अब किसी से प्यार करती है या कोई उसे प्यार करता है, सभी सवाल नशे में झूमकर लड़खड़ाते हुए सो चुके थे।

(20)

सर्दी आरंभ हो गई थी। मैं अलमारी से गर्म कपड़े निकाल रहा था। अचानक मेरा ध्यान फ़ोन पर आए एक नोटिफ़िकेशन पर गया। देखा, मैसेज आया था। देखा तो यह मैसेज चेतना का था। एक मन था, अभी देखूं; दूसरा मन था, नहीं, काम निपटाकर देखूंगा। ये सब सोचते हुए मैसेज को ओपन किया। लिखा था - शायद आपने भी मुझे गलत ही समझा होगा। फिर भी मैं किसी को कोई सफ़ाई नहीं दूंगी। मैं जैसी हूँ, वैसी ही रहूंगी। अब मुझे कोई नहीं बदल सकता। अगर कोई बदलने की कोशिश करेगा या समझाने की, मेरी नज़र में वो मेरा सबसे शत्रु होगा। मैं किसी घिसी-पिटी परंपरा को नहीं ढोना चाहती, मैं अपनी परंपराओं का निर्माण स्वयं करूंगी।

बहुत अजीब सा मैसेज था। मेल पढ़कर मैं काफी देर सोचता रहा। मुझे रिप्लाई के शब्द नहीं मिल रहे थे। फिर भी मैंने हिम्मत बटोरकर लिखा- "यह सब पढ़ना मेरे लिए दुखी करने वाला है। मेरी संवेदनाएं आपके साथ हैं। किन्तु यह सिर्फ आपका पक्ष है, मैंने कभी दूसरा पक्ष नहीं सुना, सिर्फ अनुमान लगाया है। मैंने जलती रस्सी का मध्य भाग देखा है। जाहिर सी बात है कि इसके दोनों सिर अभी सुरक्षित हैं। जले भाग को काटकर फेंक दो, फिर एक गांठ लगाकर फिर से रस्सी को जोड़ा जा सकता है।

शायद आपके रिश्ते में अभी भी समझौते की गुंजाइश बाकी है। जीवन में एक बात को हमेशा याद रखना, पतंग बिना डोर के कभी ऊँचाई पर नहीं जा सकती। भले ही पतंग उस डोर को अपनी गुलामी या बंधन समझती रहे, हाँ, जब पतंग डोर से अलग होकर जमीन पर गिरती है, तो उसके दावेदार बहुत लोग होते हैं।

मैंने रिप्लाई सेंड किया और फिर अपने सर्दी के कपड़ों को छाटने लगा, लेकिन थोड़ी देर बाद उसका भी रिप्लाई आ गया। उसमें लिखा था - "क्या आप मुझसे अंतिम बार मिल सकते हैं?"

मैंने इसका कोई जवाब देना उचित नहीं समझा। चुपचाप अपने काम में लग गया। सोचा, "अंतिम बार ही क्यों मिलना है और मिलना ही है तो अंतिम ही क्यों!" मैं आगे सोचता, तब तक चेतना की कॉल से फोन की रिंग बजने लगी। मैंने कॉल रिसीव किया।

चेतना - क्या हम एक बार मिल सकते हैं?

"कोई खास वजह?" मैंने पूछा।

"वजह है भी और नहीं भी, बस इतना है कि आज बहुत खुश हूँ। सोचा आपसे अपना काफी दुःख साझा किया, आज थोड़ी खुशी भी साझा कर ली जाए!"

यह सब सुनकर मुझे अच्छा लगा। मैंने उसे बधाई दी, साथ ही कहा कि मुझसे अपना दर्द बाँट लिया करो। खुशी बाँटने के लिए तो आपके पास बहुत से लोग हैं। बस इतनी सी बात पर वह आपा खो बैठी। मुझे समझ नहीं आया कि आखिर मामूली सी बात पर इतना गुस्सा क्यों? यह तो सामान्य बात है, लेकिन इसे अपने चरित्र से जोड़ लिया।

फोन डिस्कनेक्ट हो गया। मुझे कुछ समझ नहीं आ रहा था सिवाय इस बात के कि मैंने उसके मैसेज का रिप्लाई क्यों दिया। "मैं" चाहकर भी समय को पीछे नहीं ले जा पा रहा था। मुझे मैसेज इग्नोर करना चाहिए था। अगर मुझे फिर से मौका मिले तो मैं कॉल रिसीव नहीं करूंगा। उसके मैसेज का रिप्लाई करना मेरी भूल थी, इस तरह के पछतावे के विचार मेरे मन में टकरा रहे थे।

अचानक सालों वही पहले का डर फिर मेरे अंदर पैदा हो गया। वह क्या करेगी, क्या वह अपने किसी दोस्त से मुझे फिर से धमकाएगी? या मेरे घर

आएगी? यहाँ आकर तमाशा करेगी। मैं इस तरह के उसके कई मामले सुन चुका था, जिन्हें वह दोहरा चुकी थी। वह किसी भी इंसान को इस कदर भड़काती कि वह कोई न कोई गलती कर जाता, उसकी गलती को वह अपना हथियार बना लेती और अगले पल पीड़िता बन जाती। आज मैं भी गुस्से में आकर एक गलती कर चुका था। उसने मेरी उस गलती को हथियार बनाया, अचानक वह पीड़िता बन गई।

जो भी हो, मैंने ठान लिया था कि अब मुझे चेतना से कोसों दूर रहना चाहिए। जिस स्त्री ने अपने स्वार्थ के लिए अपने हाथों से अपना गुलशन उजाड़ दिया है, वह मेरे जीवन को बर्बाद करने में कितना समय लगाएगी?

वह सम्मान को कितना महत्व देती है, मैं नहीं जानता, लेकिन एक इंसान कैसे जीवन भर पल-पल को जोड़कर एक सम्मान प्राप्त करता है, इस बात को वही समझ सकता है। उसे मेरे ऊपर आरोप लगाने में एक मिनट लगेगा। इस तरह के असंख्य सवाल मेरे मस्तिष्क को कचोट रहे थे। मन ही मन फिर से अपने शब्द दोहरा रहा था। अचानक मेरे व्हाट्सएप्प पर एक मैसेज आया- मैसेज चेतना का था और उसमें लिखा था- सॉरी। फिर एक दूसरा संदेश आया जिसमें लिखा था, "किसी और का गुस्सा आप पर उतर गया।"

मैंने कोई रिप्लाई नहीं दिया। फोन साइड में फेंक दिया। सोच रहा हूँ कि क्या कोई इंसान अपनी खुशी अपने अंदर क्यों नहीं रख पाता! क्या दुःख या फिर खुशी किसी के साथ शेयर करना हमारे स्वभाव का मूल हिस्सा है या फिर यह कोई मनोविकार है? कहीं ऐसा तो नहीं है कि हम अपना महत्व बढ़ाने के लिए खुशी बाँटते हैं और दुःख सहानुभूति प्राप्त करने के लिए! इसका अर्थ यह है कि दोनों ही स्थितियों में हम बाँटने की इच्छा रखते हैं ताकि हम कुछ न कुछ प्राप्त कर सकें।

अब मैं चेतना से कोई बात नहीं करूंगा। अब उसका जीवन चाहे कैसा भी हो, दो ही चीजें हो सकती हैं - या तो वह मेरे शब्दों से चोट खाएगी या फिर वह अपने शब्दों से मुझे चोट पहुंचाएगी। जब वह मुझे ट्रेन में मिली थी,

तब मेरी इच्छा सिर्फ उसकी कहानी सुनने की थी। मैंने पूरी कहानी सुन ली है। अब सिर्फ एक चीज शेष रह गई थी उसका आगे का जीवन कैसे होगा जिसका निर्णय मुझे नहीं, उसकी किस्मत को करना है।

इतना सोचकर मैंने उसे एक मैसेज किया- चेतना जी, जीवन चलने का नाम है। लोग मिलते हैं, बिछड़ते हैं और फिर नए लोग मिलते हैं। इससे हमारा जीवन एक कहानी बन जाता है। जीवन में बहुत से लोग अच्छे आते हैं, कुछ बुरे भी आते हैं। हालाँकि, अच्छे-बुरे की परिभाषा इंसान अपने अनुसार करता है। आशा है, अब आप कभी मुझसे संपर्क नहीं करोगी। आप अपना जीवन अपने अनुसार जियो, मुझे कोई आपत्ति नहीं, लेकिन मैं अब अपने जीवन में किसी भी प्रकार का डर महसूस नहीं करना चाहता। खुश रहो, जियो और जीने दो।

(21)

जब मैंने इस कहानी को लिखना शुरू किया, तब कई बार मुझे ऐसा लगा कि मैं एक प्रेमहीन रिश्ते में फंस गया हूँ। मैं खोया हुआ, भ्रमित और अकेला महसूस कर रहा था। सबसे अलग बात यह थी कि मैं एक नौकरी कर रहा था जो आर्थिक रूप से फायदेमंद तो थी, लेकिन कई बार मेरी आत्मा से मेरे जीवन को चूस लेती थी। मुझे कोई रास्ता समझ नहीं आ रहा था, उदास था क्योंकि मैं यह नहीं समझ पा रहा था कि सब कुछ बदलने के लिए आगे क्या कदम उठाऊँ, और पूरी तरह से खोया हुआ था कि कैसे खुशी वापस पाऊँ। यह एक मौन पीड़ा थी, जैसे कार्बन मोनोक्साइड की विषाक्तता से धीरे-धीरे मेरा दम घुट रहा हो। कभी मेरा दिल तेजी से धड़कने लगता, कभी मुझे लगता सब कुछ ठीक है तो कभी लगता नहीं, कुछ भी ठीक नहीं है।

मैंने कई बार अपने दर्द की गहराई का अनुभव किया और सोचा कि मैं अपनी भावनाओं को महसूस कर सकता हूँ। इनसे भाग नहीं सकता। इनका सामना करना ही मेरे जीवन का सबसे बड़ा फैसला होगा। इसी कशमकश में कई महीने बीत गए।

समय का चक्र चलता रहता है, हालांकि मैंने समय के चक्र के बारे में कभी जरूरत से अधिक नहीं सोचा। मैंने हमेशा वही किया जो मुझे सही लगा। एक के बाद एक वही करता गया जो मेरी नज़र में ठीक होता था। लेकिन अब कुछ समझ नहीं आता कि क्या सही है, क्या गलत? क्या करना चाहिए, मुझे नहीं पता! बस एक बार फिर वही कर रहा हूँ जो मुझे सही लग रहा है।

समय एक ऐसी चीज़ है जो हमेशा के लिए बीत जाता है और कभी किसी की प्रतीक्षा नहीं करता। हमारे जीवन में कुछ खुशी और कुछ बुरे पल

आते हैं। कभी-कभी हम उस पल की महत्वता तब तक नहीं समझ पाते जब तक वह याद नहीं रहता। हमारे पास जीवन के विभिन्न अवसरों की बहुत सारी यादें जमा हो जाती हैं जो धीरे-धीरे दिमाग से गायब हो जाती हैं। चेतना की कहानी मेरे जीवन की एक अद्भुत याद बन गई थी। जिसे अब मैं जितना मिटाने की कोशिश करता हूँ, उतना ही वह दिमाग में ताजगी लाती है। उसने पति का त्याग किया था, यह उसके ससुराल छोड़ने का शायद पांचवां वर्ष था। इन वर्षों में उसने क्या खोया और क्या पाया, यह तो वही जान सकती है।

हाँ, चार दशकों के जीवन में उसके पास बहुत सारी यादें जरूर सुरक्षित थीं। यह उसकी जीवन यात्रा का एक सफ़र था, उसे नहीं पता कि कितने मुसाफ़िर मिले और कितने बिछड़े। लेकिन एक चीज़ मैं कभी नहीं जान पाया कि वह इस समाज से क्या हासिल करना चाहती थी। कभी लगता वो यौन संतुष्टि के लिए भाग रही है तो कभी उसे अलग-अलग लोगों से मानसिक संतुष्टि चाहिए!

अब जब भी उसका चेहरा देखता हूँ, लगता है जैसे एक खिला हुआ फूल अब मुरझाने वाला है, जैसे वह फूल अब हर पत्ती, हर पंखुड़ी और अपनी महक को गोद में लेकर सिमट जाने वाला है, जैसे वह बेहद खिन्न और उदास हो, लेकिन उसकी उदासी शाश्वत लगती है।

आज बहुत दिनों बाद मैंने गाँव में रात बिताने की ठानी। मन में गाँव की रात के खुले आसमान को देखने की यादें जमा थीं, जो मुझे आज भी रोमांचित करती हैं। बहुत सालों बाद मुझे खुले आसमान के नीचे रात बिताने का मौका मिला। मैं आसमान में चमकते हुए सितारों को देखना चाहता था। शहर का कमरा अब मुझे कब्रिस्तान की तरह लगने लगा था। यहाँ एक बहुमंजिला कब्रिस्तान था, जहाँ हर कमरे की दीवारों के अंदर मुर्दे थे। ज़िंदा मुर्दे, चलते-फिरते मुर्दे। ये मुर्दे सांस लेते, हंसते और उदास होते थे, दीवारों से कमर सटाकर दिन-रात पढ़ते और लिखते थे। इन सभी मुर्दों में से मैं भी एक

मुर्दा था, जो आज कब्र का ताला खोलकर गाँव के खुले मैदान में जाने का इच्छुक था। आज एक मुर्दा कब्र से निकलकर सड़क पर चल रहा था।

मन में एक असीम शांति थी। रात के लगभग दस बजे थे। पूरा चाँद साफ आसमान में घी जैसे दमक रहा था। कुछ सफेद चादर सा, कुछ चकत्तों वाला, लेकिन बेहद खूबसूरत, दूर-दूर तक चाँदनी छिटकाता। धुले हुए से आसमान में तारे बिखरे हुए थे, बहुत चमकीले, हवा के संग झिलमिलाते। मंद बयार को आज वर्षों बाद जिस्म का रूह-रूह महसूस कर रहा था। हवा की उस छुअन में एक मादकता थी जो मुझे कई बरसों पहले धकेल गई थी, जब चेतना मुझे पहली बार मिली थी। अब बातों को कई बरस बीत चुके हैं। वह मुझसे क्या चाहती थी, वह ही जाने? लेकिन मैं भी निस्वार्थ नहीं रहा था। कई बार लगता है मैं उसे अपने मन में महसूस करना चाहता था। कई बार लगता है मैं उसे कंट्रोल करना चाहता था, ताकि वह अब आगे किसी के सामने हाथ न फैलाए। कभी लगता है मेरा उसके जीवन में आने का कुछ तो कारण रहा होगा। कभी मुझे उसकी खिलखिलाती हंसी याद आती है, तो कभी उसका उदास चेहरा, और तो और कभी-कभी उसका स्वार्थ साफ उसके चेहरे पर दिखाई देता है। तो कभी उसकी धमकियाँ।

आसमान की काली चादर में टंके चाँद में आज मुझे उसका अक्स नजर आ रहा था। मानो वो मुझसे सवाल कर रही हो, हमेशा की तरह पूछ रही हो जीवन में उसकी कहाँ-कहाँ किस-किस रूप में गलतियाँ रहीं। कभी लगता नहीं, बहुत दिन हो गए, शायद अब वो मुझे भूल गई होगी। अब तक उसने अपनी स्मृति के सभी कोनों से मुझे मिटा दिया होगा। हालांकि मंद-मंद हवा के झोंके मुझे सोने के लिए भी कह रहे थे। अचानक फोन की रिंग बज उठी। जैसे ही कॉल रिसीव हुई, चेतना ने मुझे बताया कि उसकी कहानी का अंत हो गया।

उससे कोई सवाल करता, इससे पहले ही मेरी हिम्मत ने जवाब दे दिया। इसके अलावा, मेरे पास कोई और विकल्प नहीं था, सिवाय इसके कि मैं

उसके चुप होने की प्रतीक्षा करूं। वह रोते-रोते बड़बड़ा रही थी, लोग कहते हैं कि प्रेम में ताकत होती है... लेकिन प्रेम कोई मायने नहीं रखता, इंसान अपनी पहचान और सम्मान के लिए जीता है।

अब वह कुछ शांत थी, उसके गालों पर लुढ़कते आंसू काफी हद तक सूख चुके थे। अब मौका पाकर मैंने पूछा- "फैसले सुनाते हुए जज ने क्या कहा?"

जज ने कहा, "यह विवाह पूरी तरह से टूट चुका है, भावनात्मक रूप से अब मेलमिलाप की कोई गुंजाइश नहीं है और तलाक ही अब एकमात्र उपाय है। विवाह के बाद काफी अरसे से दोनों पक्ष अलग-अलग रह रहे हैं, अंतिम बार दोनों पक्ष एकसाथ कब थे, यह कहा नहीं जा सकता। अतः अगर दोनों पक्ष अलग-अलग खुश हैं, तो अदालत का फैसला भी यही होना चाहिए।"

मैंने रिश्तों के गणित के बारे में सुना था कि या तो दोनों खुश होते हैं या फिर कोई खुश नहीं होता, लेकिन आज चेतना की बात सुनकर लगा कि सिर्फ चेतना दुखी है, अंचित का परिवार नहीं। क्या अंचित की खुशी का राज यह हो सकता है कि उसने चेतना को दिल से प्यार किया, लेकिन चेतना ने उसके साथ विश्वासघात किया? जिस सजा का रोना आज चेतना रो रही है, क्या अंचित को इसका दुख नहीं होगा? शायद एक पुरुष सब कुछ सहन कर सकता है, लेकिन आत्मसम्मान पर लगी चोट को कभी सहन नहीं कर पाता।

बिखरे बाल, रुआंसी आँखें, एक दर्द भरा चेहरा - आज चेतना की हार उसके चेहरे पर मुझे साफ दिखाई दे रही थी। उसका अंचित का घर छोड़ने का पछतावा साफ दिखाई दे रहा था। मैं उसके लिए कुछ नहीं कर सकता था। बस इतना कहा - "रात बहुत हो गई है, आप सो जाएं। जो किस्मत में लिखा होता है, वही होता है।"

चेतना फोन साइड में रखकर लेट गई। थोड़ी देर में मुझे बुदबुदाने की आवाज सुनाई देती रही। फिर वो धीरे-धीरे आवाज आना बंद हो गई। मुझे

लगा शायद वो सो गई है। मैंने फोन डिस्कनेक्ट किया और सिरहाने पर रख दिया।

कितना अजीब होता है कि दो लोग बिलकुल अनोखे अंदाज में एक दूसरे के कितने करीब आ जाते हैं, एक दूसरे की भावनाओं की कद्र करते हैं, और कुछ समय बाद महज इसलिए टकरा जाते हैं कि उन्हें एक दूसरे के इमोशंस बर्दाश्त नहीं होते। मैंने बहुत सारे बनते-बिगड़ते और टूटते रिश्ते देखे हैं, अधिकांश टूटे रिश्तों में मुझे वित्तीय समझौते देखने को मिले। आज चेतना का दुःख सुनकर लगा कि उसे रिश्ता टूटने से अधिक इस बात का दुःख था कि उसे फैसले में वित्तीय सहायता नहीं मिली। वह चाहती थी कि उसे मोटी रकम प्राप्त हो, लेकिन ऐसा कुछ नहीं हुआ।

हालांकि मैं इस बात को नजरअंदाज भी नहीं कर सकता कि पैसे की जरूरत हमारे सभी कार्यों के मूल में है। बिना पैसे के लगभग कोई भी कार्य जन्म से लेकर मरण तक हम पूर्ण रूप से नहीं कर सकते हैं। इसलिए शायद हमारी संस्कृति में पैसे के अभाव को बहुत बड़ा अभिशाप माना जाता है। लेकिन वर्तमान में आत्मीय रिश्ते भी वित्तीय लेन-देन का कारोबार बन गए हैं, इससे भी इंकार नहीं किया जा सकता। अधिकांश विवाह और विच्छेद रिश्तों के नाम पर सौदा बनकर रह गए हैं। शायद दुनिया तेज कदमों से भाग रही है, लेकिन जो कुछ पीछा छूट रहा है, शायद ही दुनिया उसे आसानी से हासिल कर पाए क्योंकि सात जन्मों का बंधन कहा जाने वाला रिश्ता अब वित्तीय सौदेबाजी में बदल चुका है।

दूसरा, जो लोग एक दूसरे पर बिल्कुल भी विश्वास नहीं करते, वे ऐसे रिश्ते में क्यों प्रवेश करते हैं जो निश्चित रूप से विवाह के लिए एक निरर्थक प्रयास है और बाद में एक दूसरे से नफरत करना शुरू कर देते हैं? अपने मतभेदों को पूरी तरह से और ईमानदारी से सुलझाएं। किसी रिश्ते में प्रवेश करना आसान होता है, जब जवानी की दैहिक सुंदरता, रूप, रंग और अन्य कारकों से आकर्षण उत्पन्न होता है। लोग इसे प्रेम समझकर शादी कर लेते

हैं, फिर असली जीवन में प्रवेश होता है। इसके बाद, विश्वास, त्याग, क्षमा, बलिदान और सम्मान जैसे शब्दों की महत्वपूर्णता को समझने में वर्षों लग जाते हैं। जो इन बातों को समझते हैं, वे रिश्ते बचा लेते हैं, जबकि जो इन्हें समझ नहीं पाते, वे समाप्त हो जाते हैं। चेतना आज भी खुद को पीड़ित समझ रही थी। वह बार-बार इस वैवाहिक रिश्ते में आज भी अंचित को दोषी समझ रही थी। मैं समझकर भी नहीं समझ पा रहा था कि चेतना पीड़ित कैसे है और केवल अंचित ही दोषी कैसे है?

अंचित कौन है, कहाँ मैं नहीं जानता; उसका पक्ष कभी मैंने सुना नहीं, किन्तु आज से कई सालों से चली आ रही कहानी का अब अंत नजर आ रहा है। मैं सोच रहा हूँ कि क्या यह चेतना की कहानी का अंत है? पर मैं इसे कहानी का अंत भी नहीं कह सकता हूँ; मैं यह कह सकता हूँ कि यह एक मझधार में फंसे रिश्ते का अंत है। जीवन आशा और निराशा दोनों का मिला-जुला रूप होता है। मुझे चेतना के बारे में नहीं पता, अब वह कहाँ है और कैसी है; न ही मैंने पिछले दो साल से संपर्क करने की कोशिश की। मुझे आशा है कि वह अब जहाँ भी होगी, खुश होगी, किसी अपने के साथ, किसी सपने के साथ। या फिर कहीं अपनी अलग दुनिया बना ली होगी।

कहते हैं कि जब सम्राट हर्षवर्धन इस उत्तर की खोज में निकला कि एक महिला क्या चाहती है, तो किसी भी महिला के पास कोई ऐसा उत्तर नहीं था जो संतुष्ट कर सके। अंत में थक हारकर जब सम्राट वापस लौटने लगे, तब उन्हें एक चुड़ैल मिली। और उस चुड़ैल ने हर्षवर्धन को उत्तर दिया और कहा, "एक महिला स्वतंत्र होना चाहती है ताकि वह अपने आप निर्णय ले सके।" हर्षवर्धन इस उत्तर से संतुष्ट हुआ था।

उत्तर को लगभग 1400 वर्ष बीत गए हैं। सवाल है कि कौन सा निर्णय लेना चाहिए - प्यार करने का या शादी करने का? यदि स्वतंत्रता मिल गई है, निर्णय भी लिया गया है। परंतु क्या होगा अगर उस रिश्ते में घुटन महसूस हो? और कुछ समय बाद वह कहे कि उसका वह निर्णय गलत था। अब उसे फिर से आज़ादी चाहिए ताकि वह फिर से निर्णय ले सके?

(22)

जब दो लोग एक-दूसरे से मिलते हैं, तो एक कहानी बनती है, लेकिन जब वे अलग हो जाते हैं, तो वह कहानी दो हो जाती है। लेकिन यहाँ पर कहानी एक ही है, क्योंकि मैं पहले ही बता चुका हूँ कि इस कहानी में नहीं हूँ। अब मैंने अपने जीवन का पथ बदल लिया है। स्वीकार कर लिया है कि धन, दौलत, शोहरत इन सब से बढ़कर अगर जीवन में कोई कीमती चीज है, तो वह है शांति। धन के अभाव में सम्पूर्ण जीवन कट सकता है, लेकिन क्लेश के साथ जीवन का एक पल भी भारी हो जाता है। किन्तु सच्ची शांति तभी मिलती है जब हम अपने नजरिए को बदल लेते हैं। हमें यह समझना होगा कि हम इस संसार को नहीं बदल सकते, लेकिन हम अपने जीवन में नया आयाम जोड़ सकते हैं, जिससे कि शांति प्राप्त कर सकें।

मन में शांति और सुकून की लालसा लेकर, आज मैं हरिद्वार जा रहा हूँ, देवताओं की भूमि पर कदम रखने। हर की पौड़ी पर बैठकर कुछ दिनों तक अपने को आत्मावलोकन करना चाहता हूँ। हालांकि, जब-जब मैं हरिद्वार गया हूँ, मुझे देवताओं से अधिक विरक्त लोगों के दर्शन हुए हैं। किसी को पुत्र ने घर से निकाल दिया, किसी का व्यापार घाटा हो गया। किसी को प्यार में धोखा मिला, और किसी के कारणवश या भूल के कारण अपराध हुआ। कोई जीवन की दौड़ से ऊबकर संन्यासी बन गया, कोई मोक्ष की लालसा में संन्यासी बन गया। इतना निश्चित रूप से कह सकता हूँ कि बिना किसी प्रयोजन के यहाँ कोई साधू-सन्यासी नहीं मिलता।

हर की पौड़ी के आस-पास साधुओं के ठट के ठट चल रहे थे। सबके मन में एक ही आस थी कि एक बार गंगा मैया डुबकी लगा लें, अब तक के

इनके जीवन में जो कुछ पाप हुआ है, वह धारा में बहकर एक नया जीवन प्रदान करेगा। गंगा स्नान के चलते भारी भीड़ थी।

मैंने एक परिचित संन्यासी को फोन किया और उन्होंने आश्रम में मेरे ठहरने की व्यवस्था करा दी। प्रातः जब मेरी आँख खुली, तो मुझे एक लाउडस्पीकर के माध्यम से लता दीदी की आवाज सुनाई दी। फिल्म "गंगा की सौगंध" का यह गीत वैसे तो मैंने बहुत बार सुना था "मानो तो मैं गंगा माँ हूँ, ना मानो तो बहता पानी", लेकिन आज सोचने पर मजबूर कर रहा था कि आस्था इंसान के सभी प्रश्नों को मन के अंदर दफ़न कर देती है।

मैं अपने कमरे से बाहर निकला। आश्रम के हॉल में साधू संतों का जमावड़ा था। प्रवचन चल रहा था और आस्था में विलीन अनेक भक्त झूम रहे थे। मेरे जिज्ञासु मन में भी भक्ति भावना हिलोरे मारने लगी। वहां पहुंचा तो देखा मंच पर वैसे तो कई संन्यासी थे, लेकिन उनके बीच मुझे करीब चालीस बरस से अधिक आयु की अथाह सुंदरी संन्यासिन भी दिखाई दी। उसका व्यक्तित्व प्रभावशाली था। हल्की मेहंदी लगे बाल दमक रहे थे। नेचुरल कलर लिए उसके होंठ मानों बोलने को बेताब थे। गेरुए गाउन में उसका सौंदर्य अलग ही दिखाई दे रहा था।

मन में सवाल उठा कि जिस महिला को जीवन के बीचों-बीच होना चाहिए था, आखिर वह यहाँ इस सन्यासियों के बीच क्या कर रही है? यह सोचकर पता नहीं क्यों बार-बार मुझे अहसास हो रहा था कि मैंने कहीं तो इस सन्यासिनी को देखा है। जैसे इस उदास विरक्त सुंदरी से मिला हूँ, मैं उसे ताड़ रहा था, देख रहा था या सोचने की भरसक कोशिश में लगा था कि जीवन के किसी मोड़ पर तो हम मिले थे।

अचानक साध्वी की नजर भी मेरी नजर को ताड़ गई। वह कभी नजरें चुराकर तो कभी नजरें बचाकर मुझे देख रही थी, मानों वह भी इसी कोशिश में थी।

गंगा मैया की जय, धर्म की लौ जलती रहे, गुरु महाराज के जयकारों के साथ सत्संग समाप्त हो गया। भक्तों की भीड़ अपने-अपने कमरों की ओर चल पड़ी थी। मैंने भी भीड़ का अनुसरण किया और अपने विश्राम कक्ष की ओर चल निकला।

थोड़ी दूर ही चला था कि पीछे से आवाज सुनाई दी, "सुनो!" मेरे कदम ठिठक गए, पीछे मुड़ा तो देखा अनुपम सुंदरी साध्वी खड़ी थी। "सत्संग में आप मुझे क्यों घूर रहे थे?" उसने पूछा।

यह उसके शब्दों का वार था या मेरा डर, मैंने सहमते हुए जवाब दिया – "मैं" घूर नहीं रहा था, बस कोशिश कर रहा था।

"मेरा" उत्तर पूरा नहीं हुआ था। अचानक उसने अगला प्रश्न कर दिया – "कैसी कोशिश?"

जैसे कि मैं आपसे पहले मिल चुका हूँ?

साध्वी हल्का सा मुस्कुराई और मौन हो गई, लेकिन मेरा मन बोल उठा "क्या आप चेतना जी हैं?"

"मेरे" इस प्रश्न का जवाब दिए बिना ही, साध्वी पीछे मुड़ी और चल दी। उसका इस तरह मुड़ना मुझे समझ नहीं आया। आश्रम के कई संन्यासी मुझे घूर रहे थे। मैंने वहां से अपने कमरे की ओर जाना ही उचित समझा।

कमरे में पहुंचकर नहाया, अपने कपड़े बदले। यहां से निकलने के लिए बैग तैयार कर ही रहा था कि यकायक दरवाजे को किसी ने खड़काया। मुझे लगा शायद साध्वी ही हों, मैंने तत्काल दरवाजा खोला तो देखा आश्रम का कोई सेवक था।

मैंने कहा, "जी, मैं आपकी क्या सेवा कर सकता हूँ?"

उसने श्रद्धा से झुककर प्रणाम किया और कहा, "क्या आपको देवी माँ ने बुलाया है?"

मैं निरुत्तर उसके पीछे-पीछे चल पड़ा। एक लंबा बरामदा पार करने के बाद, सेवक एक दरवाजे के बाहर खड़ा हो गया और मुझे अंदर जाने का इशारा किया।

गेरुए रंग के पर्दे को हटाते ही, मैंने अंदर प्रवेश किया और सामने एक लकड़ी के तख्त पर ब्रह्म मुद्रा में साध्वी को देखा। मैंने अनचाहे ही झुककर दिखावटी श्रद्धा से प्रणाम किया।

साध्वी ने अपनी आँखें खोलीं, जैसे कि मेरे आगमन की प्रतीक्षा में जबरदस्ती आँखें बंद करके बैठी थीं। उसने पास में रखे स्टूल की ओर नज़र करके मुझे बैठने का इशारा किया।

मैं बैठ गया, करीब एक मिनट बुत की तरह बैठा रहा, कभी साध्वी को देखता और कभी उस कमरे की दीवारों को देखता।

"क्या हुआ श्रीमान?" अचानक साध्वी की मधुर आवाज़ मेरे कान में घुल गई।

"कुछ नहीं, बस सोच रहा हूँ कि आज लगभग दो साल पहले जैसे मैं आपसे मिला था। लगा आप वही हैं, इस कारण सत्संग में आपको देख रहा था।"

ये मेरी बात को आरंभ करने का तरीका था या अपनी सफाई में मेरा बयान। मेरे इस डर को जैसे साध्वी ने ताड़ लिया, थोड़ा मुस्कान के साथ पूछा, "कैसे प्रतीत हुआ कि मैं वही हूँ?"

"आँख के ऊपर लगे चोट के निशान से। ठीक इस जगह उस महिला की आँख के ऊपर भी चोट का निशान था।" मैंने एक वाक्य में अपनी बात समाप्त की।

शरीर के घाव तो नारी को आदिकाल से मिलते आए हैं। शरीर के घाव से एक नारी का क्या मिलान करना? कभी किसी नारी के मन के घाव देखे हैं?

जी, उतना ही देखा है जितना सुना है।

मेरे इस उत्तर से साध्वी समझ गईं कि उत्तर के साथ जिज्ञासा है।

साध्वी ने कहा, "सुनना अलग बात है और महसूस करना अलग बात है। पुरुष कभी स्त्री का मन नहीं देखता। यदि कभी मन के द्वार पर आता है, तो वह शारीरिक सुंदरता में खो जाता है। मैं वही चेतना हूँ जिसने आपको सालों पहले अपना मन दिखाने की कोशिश की थी।"

जहां अभी तक मैं समाजशास्त्र को समझने में लगा था, साध्वी आध्यात्म और मनोविज्ञान का सहारा ले रही थीं। मैंने पूछा, "आप तो भौतिक सुख, सौंदर्य, लग्जरी जीवन जीने वाली चेतना थीं, फिर ये विरक्ति का चुनाव कैसे किया?"

मेरे इस प्रश्न से उसका चेहरा भावहीन था। जीवन के ऐसे क्षण बहुत विचित्र होते हैं, जब हार-जीत को समझना ही कठिन हो जाता है। फिर भी उसने साहस बटोरकर जवाब दिया- "हम कुछ भी चुनाव नहीं करते, बस हो जाता है।" जीवन में कई बार सही कदम उठ जाते हैं तो कई बार गलत भी। नियति के खेल भी कितने अजीब होते हैं। इंसान जब करीब हो, तो दूर हो जाते हैं और दूर रहने पर ठप्पा लग जाए, तो नज़दीक आना संयोग बन जाता है।

जिस दौरान मैंने आपसे बात की, उसी दौरान अंचित मेरे घर आया था। उसने अपनी पिछली गलतियों के लिए माफी मांगी और फिर से साथ रहने का प्रस्ताव रखा। वह टूटे हुए रिश्ते को फिर से जोड़ना चाहता था। अपने बेटे को अपना मानने को राजी था। किंतु मैंने सब कुछ अपने दम पर हासिल किया था। मैं अब कुछ साझा नहीं कर सकती थी। मुझे नहीं चाहिए था कि कोई इसके कानों में जहर डाले और फिर मेरी दूसरी आंख के ऊपर निशान मिले। मुझे पति नहीं चाहिए था, मुझे एक प्रेमी की तलाश थी।

अब साध्वी ने मेरी ओर देखकर कहने लगी, "जिस दौरान मैंने आपसे अंतिम बार बात की, उस दौरान सोशल मीडिया पर मेरे सामने बहुत सारे विकल्प थे। मुझे एक विकल्प पसंद आ गया। उस विकल्प की उम्र अट्ठाईस

बरस थी और वह मेरी तरह लग्ज़री लाइफ के शौकीन था। मैंने उससे बात की और वह बहुत जल्दी मेरे मन के हर कोने में पहुंच गया। वह मेरी फीलिंग्स की देखभाल करता, मुझे सजाता-संवारता है और खुद से भी अधिक प्रेम करता। बहुत जल्दी वह मेरे मन का राजा बन गया और मैं उसकी रानी बन गई। लेकिन कुछ महीनों बाद ही वह मेरे चुने हुए राजा के रूप में तानाशाही करने लगा।

मैं इस बार कोई गलती नहीं करना चाहती थी, इस कारण मैंने अपने आप को पूर्ण समर्पित कर दिया था। उसके सामने आवाज़ उठाने की हिम्मत नहीं होती थी। मैंने उसकी तानाशाही को भी स्वीकार कर लिया। अड़ोस-पड़ोस के लोग हम दोनों के इस अवैध रिश्ते के बारे में चर्चा करने लगे थे और मेरा बेटा भी इससे बहुत निराश हो चला था।

अब वह बोलते-बोलते रुकी और उसकी आँखों में मुझे आंसू दिखाई दिए। कुछ पल मौन रही, फिर बोली, "तानाशाह का हुक्म था कि यह मकान बेचकर हम दूसरी जगह जाएंगे, जहां कोई हमारे रिश्ते के बारे में बात नहीं करेगा।"

मैं उसे खोना नहीं चाहती थी, उसका आदेश सिर झुकाकर स्वीकार किया। जल्द ही मकान बेच दिया और देहरादून से पचास किलोमीटर दूर नया मकान लिया, लेकिन इस बार तानाशाह का हुक्म था कि मकान उसके नाम कर दिया जाए।

फिर मेरी जानने की इच्छा तेज हो चली थी। और यह केवल एक जिज्ञासा नहीं थी, बल्कि मेरी बढ़ती हुई धड़कन का वो इशारा भी था जो अंत जानने के लिए हृदय को चीर रहा था।

मैंने आदेश का पालन किया क्योंकि उसने इस बात को समझ लिया था कि मैं उसे किसी भी कीमत पर खोना नहीं चाहती थी। उसने अपनी कीमत में नया घर ले लिया।

थोड़े दिन सब कुछ ठीक रहा, लेकिन जल्द ही मुझे पता चला कि वह शादीशुदा है और तीन बच्चों का पिता भी। इससे हमारे बीच झगड़ा बढ़ा, और वह मुझे मारता-पीटता था। यह कहते हुए साध्वी ने अपना गेरुआ गाउन घुटने तक उठा दिया, जहां उसके पैरों पर चोट के कई निशान थे।

मैंने कहा, "चोट के निशान तो आपको पहले भी मिले थे?"

वह एक अनोखी मुस्कान के साथ बोली, "हाँ, अब उनकी संख्या बढ़ चली थी।"

"आपने किसी का साथ नहीं लिया। मेरा मतलब है, आप थाना, पुलिस केस कुछ तो कर सकती थीं। यह तो सरासर धोखे का केस था?"

गलती मेरी थी, मैं विरह के घाव को प्रेम से भरने चली थी। मैं सोचती थी कि उसकी उम्र मेरी उम्र से कम है। वह दबाव में रहेगा। मैं जैसा चाहूंगी, वह वैसा करेगा। लेकिन सब उल्टा हो गया। अंत में, एक दिन राजा ने प्रजा को घर से बाहर का रास्ता दिखा दिया। उस राजा ने, जिसे प्रजा ने समाज और जीवन की जंग लड़कर राजा बनाया था।

बस एक बार फिर उसी अवस्था में पहुँच गई थी जहाँ से जीवन आरम्भ किया था। अब न तो शरीर में उतनी ऊर्जा बची थी न हौसला कि फिर से जीवन की जंग आरम्भ कर सकूं। फैसला लिया, स्वयं को इंसान के हवाले तो कई बार चुकी हूँ, अब जो बचा है उसे भगवान को अर्पित कर आगे का जीवन व्यतीत करूंगी।

बेटे को गुरुकुल में पढ़ने भेज दिया। उसे खुद के लिए कोई न कोई आश्रय चाहिए था, इसलिए एक दिन मैंने एक आश्रम में जाने का फैसला किया, यह सोचकर कि यदि कोई पूछेगा तो मैं बता दूंगी कि मेरे मन में वैराग्य की भावना जाग उठी थी और मैं सब कुछ त्याग कर साध्वी बन गई। इस रास्ते में कम से कम मेरे घाव और मेरी मूर्खता छिप जाएगी।

"अब आप हमेशा यही रहोगी?" मैंने पूछा।

"पता नहीं कब तक रहूंगी," उसने जवाब दिया। थोड़े दिन पहले तक मैं सोचती थी कि सभी सन्यासी वैरागी होते होंगे, जो प्रभु की आराधना में लीन, शरीर से मुक्त आत्मा होते हैं और जो नश्वर शरीर में रहकर मोक्ष की इच्छा लेकर घूमते होंगे। ऐसा सोचकर मैंने आश्रम की ओर रुख किया था कि योग आता है, ध्यान भी सीख लूंगी, तन को कपड़ा मिल जाएगा, मन को आध्यात्मिक शक्ति से ढकने को बल मिलेगा, सिर पर छत होगी और देह सुरक्षित रहेगी। लेकिन मैं गलत थी... बोलते-बोलते अचानक साध्वी के चेहरे पर गुस्सा मिश्रित एक अजीब सा भाव आ गया।

इससे पहले जिस आश्रम में थी, वहां ठहरे दस दिन हो गए थे कि एक रात महंत ने कमरे में प्रवेश किया। मैं उठकर उनके पास गई, उनके चरण स्पर्श किए और उनसे इस समय आने का कारण पूछा... छि छि, ऐसा कहते हुए वह चुप हो गई।

महंत का असमय आने का प्रयोजन क्या था? मैंने पूछा।

कुछ नहीं, उनके चोंगे के अंदर भी एक इंसान था जो उस रात देह की दानवी भूख लेकर मेरे कक्ष में आया था। मैंने प्रयोजन पूछा और उन्होंने मेरे कपड़ों में हाथ डाल दिया। मैंने विरोध किया, कसमसाई भागने का प्रयास किया, पर उसने एक नहीं सुनी।

फिर मैंने शोर मचाया। एक बूढ़ी साध्वी आई, लेकिन उसने सब कुछ देखकर अपनी आँखें बंद की और वहाँ से खिसक गई।

मैंने महंत को उनका पहले दिन का प्रवचन याद दिलाकर कहा, "महाराज, आपके कथनानुसार यह देह खोखली है।" लेकिन वे कुछ भी सुनने के लिए तैयार नहीं थे। उन्होंने कहा, "तू इतनी खरी होती तो आश्रम में न आती, किसी का घर बसा रही होती।"

वे मुझ पर हावी होते चले गए और मैं निढाल मछुआरे के जाल में फंसी मछली की भांति कुछ नहीं कर सकी। अगली सुबह मैं वहाँ से भाग निकली।

मैं भाग रही थी और सोच रही थी कि काश उस रात पति के घर से न निकली होती।

साध्वी की बातें सुनते-सुनते मैं जमीन को ताक रहा था। अचानक मुझे उसकी सिसकियाँ सुनाई देने लगीं और उसके आँसू बह रहे थे। लेकिन अब वह निशब्द थी।

शायद जब कभी उसकी मौत होगी और चिता की पहली अग्नि लगेगी, तब ये शब्द चीखकर निकल भागेंगे। उसके रुंधे गले में चिपके ये शब्द ऐसे थे कि अगर वह इन्हें दीवार पर लिख दे, तो शिलालेख बन जाएंगे। और अगर वह इन शब्दों को किसी हांड़ी में डालकर रखे, तो जहर बन जाएगा। अगर इन्हें आसमान में उछाल दे, तो आग बनकर छा जाएंगे। और अगर पन्नों पर लिख दे, तो कागज जल जाएंगे।

उसका चुप हो जाना कोई शर्त थी या मजबूरी थी, लेकिन मैं उसके शब्दों की एक माला पहनकर वहां से निकल चुका था। मैं सोच रहा था कि क्या चेतना ने पाप किया था या पुण्य। क्या महंत ने पाप किया था या पुण्य?

अचानक मेरे जेहन में चित्रलेखा में दिया महाप्रभु रत्नाम्बर का अंतिम उपदेश स्मरण हो चला था कि "संसार में पाप कुछ भी नहीं है, यह केवल मनुष्य के दृष्टिकोण की विषमता का दूसरा नाम है। हम न पाप करते हैं और न पुण्य करते हैं, हम केवल वह करते हैं जो हमें करना पड़ता है।"

इस उपदेश को जितनी बार मैं छोटा करता हूँ, उपदेश उतनी ही बार मेरे सामने एक विकराल रूप लेकर खड़ा हो जाता है कि क्या इसका अर्थ यह है कि इंसान सिर्फ भावनाओं, अपेक्षाओं और स्वार्थ द्वारा संचालित होता है और उनका साधन मात्र होता है? यदि ऐसा है, तो हमें संसार की सभी संभावनाओं को स्वीकार कर लेना चाहिए।

मैं आश्रम से निकल गया, लेकिन मेरा मन चेतना के आस-पास खड़ा है, सोच रहा हूँ, क्या लोग ऐसे ही हैं जैसे वे दिखते हैं या अलग हैं? अंततः मन

और विचार का संतुलन कैसे साधा जाता है? शरीर भावनाओं के जुड़ने से क्यों आनंदित होने लगता है? या क्या शरीर को देखते ही भावनाएं नियंत्रण से बाहर होने लगती हैं? क्या हम सिर्फ समाज के डर से मर्यादित जीवन जीते हैं या सामाजिक इच्छाओं के अनुरूप?

इस कहानी को सुनकर मैं नहीं जानता कि आप क्या समझ रहे हैं। यही कि मैं कौन हूँ, और शायद आप सोचते हों कि मैं कहानी में एक नायक हूँ या कुछ और; मैं अपने संबंध में कोई ठोस दलील नहीं दे सकता। क्योंकि इस कहानी मैं भी उतना ही हूँ जितना आप।

जीवन प्यार, भरोसा, उम्मीद और स्वतंत्रता का नाम है, परंतु कितने लोग इन चीजों के बारे में जानते हैं? हर कोई अपने तरीके से जीवन जीना चाहता है। वह अपनी खुशी के लिए जीवन जीता है। लेकिन क्या सभी के अलग-अलग तरीके से समाज का प्रसन्न होना जरूरी है? यहाँ मैं लिखना बंद कर रहा हूँ क्योंकि मैं भावुक हो रहा हूँ...

-राजीव चौधरी

www.ingramcontent.com/pod-product-compliance
Lightning Source LLC
LaVergne TN
LVHW041950070526
838199LV00051BA/2973
* 9 7 8 9 3 6 4 5 2 8 8 9 4 *